十五歳の桃源郷

多田智満子

Tada Chimako

人文書院

目次

I

十五歳の桃源郷

装幀　倉本　修

I

十五歳の桃源郷

しばしば川の夢をみる。

あるときは、山峡の川の合流点を見おろしながら、尾根づたいに山道を歩いている。

あるときは、川ぞいの村の、見おぼえのある家や宿屋をのぞいてみて、まるで知らない、よそよそしい顔にばかり出会ったりする。

また別の夢では、景色のよい向う岸に渡ろうとすると、なぜか橋が途中で切れている。

こんな風に、そのつど、川の相はちがっているけれど、どれも愛知《えち》川という、私の母の故郷の川に、多かれ少なかれ似ているような気がする。

私が幼いころ、母は夏になると姉と私を連れて、愛知川のほとりの故郷に里帰りする習わしであった。祖父母がまだ健在で、田舎やから東京のようなごちそうが無《の》うて、と祖母は気の毒がってくれたけれど、どうして、今から考えると、都会では――ことに近ごろでは――めったに味わえないような美味を毎日味わわせてもらっていた。

というのは、お膳の上には、いつも鮎《あゆ》の煮付が、大きな鉢に山盛りになっていたのである。砂糖を一切使わず、山椒《さんしょう》の実だけを入れて、酒としょうゆとで佃煮《つくだに》風にからりと煮付けたもので、素朴で風雅な味わいがあり、毎日食べても飽きることがなかった。

なぜそんなに鮎が豊富であったかといえば、むろん愛知川に鮎がたくさんいたからである。流れに目をこらしていれば、蒼味《あおみ》がかった銀色の優雅な流線形の影が瀬を横切るのが必ず見られた。時には大形の、美しい紅味を帯びたうぐいの姿も見られたけれど、土地の人々は、うぐいは味がよくないといって、あまり獲ろうとしなかったようだ。

しかしこの辺りでも、誰もが私たちのようにぜいたくに鮎を食べていたわけではない。じつは楽隠居の祖父が、投網《とあみ》を打つのが道楽で、ひと夏に二度か三度は、夜更けの川にかがり火を焚《た》き、魚を寄せておいて網を打った。一回に数十匹の鮎がかかることがあり、今では信じられないくらい重い魚籃《びく》を提げて帰るのであった。

漁のあくる日はむろん塩焼きにするわけで、裏庭で摘んできた蓼《たで》をたたいて蓼酢をそえれば、これは申し分のないごちそうであった。隣近所にも五匹、一〇匹と配るのだが、それでもたくさん余るので、酒じょうゆで煮こんで保存するわけである。

座敷の横の小部屋には、天井の格子状の太い桟《さん》から、べんがら色の投網が十二、三も吊り下がっていて、どれもがなめくじのような形をした陶器の錘《おもり》をたくさん垂らしているのが、子供心にうす気味悪かった。

それにまた、祖母は毎年、琵琶湖特産の源五郎鮒《ぶな》を大きな桶にいっぱい買いこんで、大量に鮒ずしを漬けこんでおくので、これもまた食膳を大いに賑わせてくれた。

鮒ずしをご存じない方もあると思うので、ちょっと説明しておくと、塩をした生《なま》の源五郎鮒を、柔らかく炊《た》いた御飯で漬けこんだ保存食で、御飯がチーズのように発酵して独特のにおいを発し、何ともいえぬ複雑な酸味の利いた味になる。とりわけ雌の抱いている大きな卵巣が、あざやかな柿色をして、美味中の美味である。近ごろでもたまに鮒ずしを売っている店があるけれども、純粋正統派のは少なくて、みりんを加えて甘くしてあるのが多く、これは全然いただけない。鮒ずしの、舌を陶然と酔わせる微妙さは、甘味を加えることによって殺されてしまうのである。お察しのとおり、このすしは酒の肴《さかな》むきのものだけれど、子供のくせに私はこれが大好きで、食欲の無いときでも、熱い御飯の上に鮒ずしを三きれか四きれのせ、熱い茶をかけてふたをして一分間ほどむらした茶漬を出してもらうと、ついつい手が出るのであった。酸味で骨まで柔らかくなっているうえに、熱い茶でむらすので、頭からしっぽまで、おいしく食べられるのである。

こんな風にして、幼いころ、鮎や鮒ずしをふんだんに食べ馴れたので、近ごろ魚屋に出廻る肥満児のような養殖の鮎は、どうしても買う気がしない。いやに甘たるい鮎の飴だきの類も大嫌いである。すしも、握りにせよ馴れずしにせよ、砂糖を利かせたものは一切ごめんである。

愛知川の流域は良質の茶を産するところで、母の郷里より少し上流に、政所《まんどころ》という小さな村落があるが、ここの茶は、地元の人々にいわせれば、量は少ないが質は日本一で、「宇治は茶どころ、茶は政所」と、私はなんべんとなく聞かされてきた。ごく少量の生産量であるのに、中等程度の地理の本にも茶の名産地として記載されているところを見れば、まんざら根拠のない故郷《おくに》自慢でもないであろう。山深い清流のほとり、谷あいの傾斜地の茶畑は、見るからに清雅な茶の採れそうな地形である。

ともあれ、草深い田舎ながら、茶の名産地を控えているため、日常飲む番茶でさえたしかに味がよかった。母は東京ではめったに茶を買わないで、郷里から毎年六月に一年分の茶を送ってもらっていたようである。自分のかなり頑固な、非妥協的な味覚は、良質の茶と、鮎と、鮒ずしで養われたと私は思っている。

幼い私がこの地で夏を過したのは戦前のことであるが、じつは、第二次大戦最後の年、春から秋まで半年間、疎開して愛知川のほとりで暮した。女学校三年のときのことである。

祖父母はすでに亡く、母と私とは村長さんの離れ座敷を借りて住んだ。離れ、といっても、しっかりした檜《ひのき》造りの座敷と次の間、それに二階が広い納戸《なんど》のような一間になっていた。広い土間には内井戸も掘ってあり、簡単な炊事には十分であった。

座敷からは、つい目の前に愛知川の堤《つつみ》の桜並木が見え、二階の窓からは桜の樹冠ごしに、きらめく水流が見渡せた。その向うは河原つづきに灌木の林、そしてなだらかな裾野を曳《ひ》く山々。

眺望絶佳のその二階は、疎開した書籍の置き場で、私の勉強部屋になっていたが、むろん休学しているうえ、学校それ自体が軍需工場と化して授業は皆無という時期であったから、学校の勉強などするわけもない。しかしほかに何の娯楽もなく話し相手もなかったので、本だけはしっかりと読んだ。

この家の近くに嶋屋という料理旅館があった。当主が母の親戚なので、以前からこの一家とは親しかった。嶋屋もこの時世では鮎料理など食べにくる客もなく、陸軍の依託で比較的軽傷の傷兵の療養所と化していた。すぐ隣に公立の大きな診療所があるので、重傷の兵士はそこの病室に収容され、軽傷の者が嶋屋の客座敷にずらりと床をならべ将棋をさしたりして閑をもてあましている、という次第であった。愛知川に面して風光は申し分ないし、料理旅館であるから、いくら大ざっぱなまかないをしても、やはり味付けがよい、というわけで、傷兵たちの評判はよかったようである。私たちの住む離れ座敷の炊事場は、田舎家らしくスペースがひろく奥は納屋のようになっていたが、そこにはなぜか米俵が山積みされていて、それがじつはこの兵士たちの食糧であることが、私にもだんだん分ってきた。月に一度くらい、当番の兵隊がリヤカーを押して米俵をとりにきたからである。

しかし、たまに顔を合わせることはあっても、私たちはこの人たちとは互いに関係なしに暮していた。母にしても、退屈している兵隊たちと娘とをあまり会わせたくない思いであったろう。

私にもし友達がいるとすればそれは彰ちゃんだった。嶋屋の一人息子である。汽車の時刻表などが好きな少年で、ときどき私と遊んでくれた。忘れられないのは、愛知川の上流のほうへ釣りに連れていってくれたときのことである。

私たちの家の辺りでは、川は一応平地をゆるやかに流れていて、河原があり堤があったが、二キロほどさかのぼると、にわかに渓流の相を帯びる。臨済宗の古刹、永源寺の寺域になっている山の谷あいを屈曲しながら、早瀬となり淵となり、あざやかな山の緑を映してまことに美しい。その淵のひとつに――彰ちゃんの指導のもとに――、私は生まれてはじめて釣り糸を垂れたのである。

私もやせっぽちだが、彰ちゃんのほうが一段と蚊とんぼのようにやせていて、その二人が、紺碧《こんぺき》の淵の上にせり出た峨々《がが》たる大岩の上に腰をおろし、細い脚をぶらぶらさせながら、単純な竹の釣竿を淵の上の虚空に突き出させていた様子が、今もありありと眼に浮ぶ。釣といっても、囮《おとり》の鮎を使う友釣のような本格的なものではなく、子供むきの毛針を使うドボ釣というやり方であった。要するに餌も何もつけず、ただ蚊みたいな形の毛針を糸の先につけただけのものので、こんなもので鮎が釣れるはずがなさそうに思うのだが、しかしじっさいに釣れたのである。ただし子供にふさわしく、小指くらいの小鮎ばかりであったけれど。しかし糸を垂れると、太公望のように根気よく待つ間もなく、ピチピチ跳ねる銀色の魚が次々とかかった。二人で競争のように釣りあげて、小一時間のうちに七、八〇匹はとれたであろう。大漁に気をよくした私たちは意気揚々と家に引き揚げ、さすがに料理屋の息子だけあって彰ちゃんはすぐに小鮎をてんぷらに揚げてくれた。

今にして思えば、一九四五年の春から秋まで、愛知川のほとりで暮した私は、一種の桃源郷を体験したのである。大都会が次々と焼土と化し、国の内外で何万、何十万、何百万もの人々がむごたらしく死んでいったあの時期に、私ひとり東京の町をのがれて、美しい風光のなかでのんびりと暮していたのである。大人であれば、たとえば私とともに田舎暮らしをした母にしても、それなりの心労があったと思うが、私は幸い思春期の子供であって――しかも私はおくてのほうだった――、まったく生活に責任のない立場であった。

学校へ行く必要もなく、井戸の水汲みといった単純な日常の仕事のほかには、これといってしなければならない用事もなく、青田に風が渡るのを眺め、蛙が鳴きしきるのを聴き、散歩に出ては林のなかにしゃがみこんで、茸《きのこ》が茶色の帽子をもちあげるのを眺めていればよかった。時間はゆるやかに流れ、せわしく秒を刻む時計の音はきこえてこなかった。修羅道と餓鬼道を現出させていた戦争末期の世相をよそに、片田舎に仮寓した私はいわばエアポケットのなかにいたのである。これは少なからずうしろめたいことだとしても、しかし私にとっては稀なる幸せというべきであった。

周知のように陶淵明《とうえんめい》の描いた桃源郷は、谷川の洞窟をくぐってさかのぼったところに発見されたのどかな山里である。桃が咲き、犬が吠えている素朴な農村。これが他の農村とちがうところは、領主や国王に存在を知られていない隠れ里で、したがって税の苛斂誅求《かれんちゅうきゅう》をまったく免れているという点にある。つまり俗界を支配している権力機構の枠組にはめこまれていない、自由自然の村落であるという点に「桃源郷」の至福は存在した。

私はこの時期、戦時下の体勢から脱落し、この世のあらゆる義務を免れ、美しい自然のなかで、質素なつつましい生活を楽しむことができた。これが桃源郷といわずして何であろうか。

役人を案内して桃源郷を再び訪ねようとした男は、いくら谷をさかのぼっても、二度と再びあの隠れ里を発見することができなかった。戦後三十年も経って、ある夏、家族とともに永源寺の里を再訪した私もまた、時間の復讐を受けねばならなかった。この辺りが紅葉の観光名所になり、いささか俗化したのは我慢するとしても、嶋屋で、今は恰幅《かっぷく》のよい亭主になっている彰ちゃんが腕をふるってくれた料理の鮎が養殖物であったのには、憮然《ぶぜん》としないわけにいかなかった。上流にダムができ、環境が悪くなったので鮎がとれなくなった、というのである。

やはりこの地は、永久に失われた私の十五歳の桃源郷なのであった。いつかの夢でみたように、その里へ渡る橋は途中で切れていたのである。

私がものを書きはじめた頃

私がものを書きはじめたのは、私がものを考えはじめてから少しあとのことである。順序としてはこれは当たりまえのことかもしれないけれども、しかし誰もが同じ手続きをふむわけではなかろう。世の中には、ちょっとものを感じただけで器用に書いてしまう人もあるし、深く考えながら一生一字も書かぬ人もある。釈迦もイエスもソクラテスも、自分では何も書き残していない。書いたのはみな弟子たちである。

私が幼いなりにものを考えはじめたのは十二歳のころだったと思う。東京の女学校一年生であった当時の私はいったいどんなことに気をとられていたのだろう。一例をあげると、ばかばかしいことのようだが、空間の無限という想念で頭がおかしくなりそうな一時期があった。目に見える星空の彼方に、まだ限りなく星雲を擁する宇宙が拡がっている、ということが、どうしても具体的にのみこめなくて、幼稚な頭で考えつづけていると頭蓋骨がメリメリとはり裂けそうであった。そして、人間は有限な存在だから、無限という観念に耐えられないのかもしれない、と考えてみたり、一方では、有限な存在のくせにこのちっぽけな脳の中に天地宇宙を包含できるのはすごいことだ、と思ったりした。

ふしぎなことに、私がしきりに苦にしていたのは空間の無限であって、時間の無限についてはさほど気にならなかった。自分の生きている時間を前後に直線的に延長することは、わりあいすっと受け容れられた。それに、時間は四季の循環という形で、円環状をなすとも考えられたので、(当時の私はまだ円環状の時間がギリシア的時間概念だということを知らなかったけれども)自分でそのまるい閉ざされた時間の形を思いついて、何となく納得し、安心するのであった。

私は自分本位のものの見方で、世の中の十二、三歳の子供はみな一応こんなことを考えて悩むものだと思いこんでいたが、友達に話すと誰もが奇妙な顔をして、異人種を見るような目で私を見た。そしていつの間にか私には悠長尼という渾名がついてしまった。浮世離れしていて、皆が関心をもつようなことにはあまり関心を示さず、スローモーで、間が抜けている、というわけだ。私はこの渾名がいやで、つとめて他の女の子と同じように振る舞おうとし、話題にも気をつけたが、油断するとどこかで馬脚をあらわしてしまうのだった。

ちょうどその頃、私はプルターク英雄伝に夢中になっていたが、こうした読書傾向も女の子たちの間で私を孤立させる原因になっていたと思う。空間の目に見えぬ「壁」のむこうの「壁」

のことや、テルモピュライの戦いのことを話題にしても、要するに誰にも相手にしてもらえなかったのである。

　そのうちに、しかし、私は友を見つけた。小島さんという上品な、文字通りのお嬢様で、小柄な体つきながら深みのある凜とした声のひびきが魅力的だった。立居振舞もどことなく閑雅だったが、彼女が幼いときから謡と仕舞を習っていたことを知ると、私も謡曲を習いたくなった。母は、私が突然謡曲をやりたいと言い出したのにさして驚きもせず、私が母のおなかにいた頃、父がさかんに謡をうたっていたことを話してきかせ、あれが胎教になったのかしらんとわらっていた。

　しかも地縁というものであろうか、私の通っていた桜蔭高等女学校は水道橋の宝生坂の坂上にあり、宝生流の家元の令嬢も同じ学校の生徒だった。小島さんの紹介で、私は宝生流の師範について謡と舞の稽古をはじめたが、これは精神衛生にとてもよいことだった。私は舞扇をかざし、自分の小さな肉体の中に、自分自身の力いっぱいの声を充満させて楽しんだ。おかげで、宇宙の果に壁がないことについては大して気にならなくなってきたが、一方では、謡曲の中にあらわれる美しいイメージ、たとえばその意味も定かでない――定かでないゆえに一層漂渺と美しい――霓裳羽衣《げいしょううい》だの、伽陵頻伽《かりょうびんが》だのが視野の中をひらひらして、浮世離れの傾向がますます甚しくなったことは否定できない。

　古歌や和漢の故事を縦横に織りこんだ謡曲特有の文体、あのきらびやかな綴れの錦が若い私に与えた影響は、かえりみれば量りしれぬほど大きかったと思われる。それは七五調を基調としながらも、万葉の長歌や、明治の新体詩のように、整いすぎた平板な十二音綴のくりかえしではなく、機に応じて破調し、転調することを知っている。そこでは漢語や仏教用語の硬さと、大和ことばの柔らかさとが、それぞれの持ち味を発揮しながら共存共栄して、独特の美的空間を形づくっている。私はプルータルコスの心酔者であったと同時に、平家物語の愛読者でもあったから、能の世界には違和感なしになじむことができた。ほどなく戦況は末期的症状を呈しはじめ、燈火管制の暗い時期にさしかかって、謡と仕舞の稽古は間もなく中断してしまったけれども、短い期間とはいえ、うたい覚えた曲のふしぶしは生涯忘れられるものではない。

私が学校の作文以外のなにかを書きはじめたのもその時期で、小島さんと、もうひとり、クラスはちがったがやはり謡に身を入れている保坂さんという色白の勝ち気な少女と、三人で小さな和綴じの手帖をつくり、思いつくままに歌や文章を一、二頁ずつ書きつけて回した。幼いものだけれども、三人とも年齢の割には古文には馴れているので、擬古文のつれづれぐさ回章、といったようなものだ。学校の勉強はおもしろくなかったが、この手帖が回ってくるのが楽しみで、かろうじて登校拒否症にならずにすんでいた。

そのうちに、勉強したくてもできない最悪の時期がきた。学校はすべての授業を中断し、桜蔭高女は単純な手工業の作業場と化した。私は軍国少女でなかったから、軍靴の踵の皮革をのろのろと手で張り合わせるために「通学」するのはうんざりだと思っていた。両親もそう感じていたにちがいない。敗戦を予想していた父は、いよいよ空襲の激化した昭和二十年の春、私を休学させ、母の郷里である滋賀の田舎に母と私を疎開させた。

祖父母はすでに亡く、家督を継いだ叔母が古い田舎家に住んでいたが、私たち母子はそこから大分離れた元村長さんの離れ座敷を借りた。離れといっても二階建ての檜造りのちょっとした家で、住み心地は悪くなかった。その二階の広々した部屋に、本棚をならべて砦とし、ここが私の半年間の居城となった。

何よりもよかったのは、ここが愛知《えち》川という清流のほとりにあり、山水の風光に恵まれた清雅な田園であったことだ。座敷からは板塀ごしに田圃がひろがり、その向うには愛知川の堤があった。桜並木になったその堤にさえぎられて川の流れは一階からは見えないが、二階の私の窓からは、白い河原にふちどられた水流が桜の間に輝いて見えた。川向うは雑木の疎林がすぐ山麓につづいていて、緑濃いその山の右肩には、こちらから見るとちょうど鷲がとまっている形の松の巨木のシルエットが鮮やかであった。

大空襲、終戦と、あわただしくむごたらしい世情とはほとんど没交渉に、早春から晩秋まで一年のよき大半を、私はのんびりとこの山里で過したのだが、今にして思えばこの時期がなかったら今日の私はなかったとさえ感じられる。

戦争末期のことで、田舎といえども食糧事情はよくなかったが、それでも飢餓線上の都会に比べれば、主食や野菜には事欠かなかったし、おいしい野草の類はいくらでも生えていて、散歩かたがた草を摘んで遊ぶこともできた。なつめや山ももの実を採ったり、季節季節の茸をさがしたり、多少は「拾集経済」も可能であった。

学校へ行って勉強することもなく、これといって用事も義務もなく、何ひとつ娯楽もなく、友もなく、遊び相手の犬さえなかった。しかし今思えばふしぎなくらい私は退屈しなかった。気ままな読書に耽ったり、野山を散策したり、三昧《さんまい》とよばれる村はずれの墓地をわざわざ日の暮れどきにのぞきに行ってみたり、川面に円盤状の小石を投げてポンポンと水面にはね返っては飛んで行くのを眺めたり、とにかく気の向くままに過せばよいのであった。都会で苦しい思いをしている友だちを思うと、いささかやましさを感じないではいられなかったが、本土決戦が口にされ、遅かれ早かれ巨大な死の影の迫った時代に、つかのまの執行猶予を与えられた気分で、私は──自分のエゴイズムを黙殺してできるかぎり好意的な見方をするならば──むしろ「閑雅な諦念」といった精神的態度を保っていたようである。まさに名実ともに悠長尼であったわけで、エピクテトスやセネカを書棚からえらびとっていたのもその時期であった。

何よりも幸せだったのは、若い感受性が日日移り変る自然の相を驚異の眼でとらえたことだった。水稲が生育するにつれて、まばらな黄緑から密生したエメラルドグリーンに、そして蛙の大群をひそませた濃緑に色を変え、やがて穂を重く垂れながら黄ばんでいくのを私は見た。朽葉のにおう山蔭で、ずんぐりした栗色の茸が車座のような輪になって、宮沢賢治の表現を借りるなら、どってこどってこと踊るのを見た。雨もよいの空になると、山々が異様に色濃くなり、ぐんと目近《まぢか》にせり出してくる。ざあっと風が吹くと稲葉がみどりのたてがみのようになびいて、水脈に似た風の足跡が残る。それらはいくら眺めても見飽きぬ風景だった。

そう、そのころ、すべては新鮮で、めざましく、美しかった。しかし、川瀬の石の上に立つと、小鮎の群がきらめきながらすばやく過ぎてゆくように、そのように私のつつましい楽園の刻は過ぎつつあった。戦争が終り、焼け焦げた学園への復帰の時が迫りつつあったのである。

一冊だけのマラルメ

戦後の貧しい時代、十代の後半に、はじめてマラルメは耳から入ってきた。ドビュッシーの音楽を通してである。『牧神の午後』。まだＬＰすらなかった時期に、旧式の「電蓄」から虹色の靄のようにたちのぼるこの大気的なプレリュードは、なんとも美しく、悩ましく、現実から心を遊離させる効果をもっていた。一字もマラルメを読んでいなかった私は、絃と木管とが半音階でたゆたいながらもつれあう、このもやもやした音楽から、マラルメという人の詩を漠然と想像するばかりであった。

その後、少しフランス語をかじった段階で、この詩人の作品をいくつか読んでみたけれども、もとより背のびの練習といった程度のことであった。私はむしろヴァレリイが気に入っていて、ヴァレリイのものは詩もエッセイも、かなり気合を入れて読んだ記憶があるが、マラルメはドビュッシーの御縁で、それにヴァレリイの師匠格だからというので、おつきあい程度に読んだにすぎない。このたび、この月報への依頼をうけたので、久しぶりに若いころ読んだガリマール版のマラルメ詩集をとり出してみた。歳月を経て、表紙は黄ばみ、老人の皮膚のように褐色のこまかいしみが浮き出ている。私自身もこの本のように年をとったことを想わずにはいられなかった。

頁をめくると、意外なことに、鉛筆でいっぱい書きこみがしてある。字引をひいた単語にはいちいち訳が記してあり、解説的な注記などもごちゃごちゃ書きこんであって、当時の学力の程度が一目瞭然なのである。中には、関係代名詞の qui の先行詞がどれなのか判じかねて、qui を消して que にしてしまっているのさえある。さすがに疑問符はつけてあるけれども。白状してしまえば、『蒼空』の第三聯第三行冒頭の qui である。先行詞は霧《ブリュム》でしかありえないのだが、つながり方が少々ややこしいので、若気の独断で誤植かと疑ったものらしい。誤植かどうか、他の版を参照すればすぐ分かることだのに、きっと二十歳の長患いの間に読んだものと見える。大学や図書館や書店へ行くこともできず、この一冊だけが私の唯一のマラルメだったのである。

今その箇所をqueにして読むと、それでも文法的に意味は通じる。しかしこれは誤植ではなく、マラルメが少しもってまわったことばのならべ方をしているということらしいのである。

この種の書きこみが全然ないのは多分読まなかった詩で、そういう手つかずの詩は後半に集中している。つまり私はマラルメの若いころの作品を主として読んだものらしい。当時は気づきもしなかったけれども、『あらわれ』とか『海の微風』などの初期の短詩、そして長篇の『牧神の午後』や『エロディアード』にしたところで、みな二十歳前半の青年の作であり、どんなにソフィスティケートされているにせよ、感情的内容はちょうど当時の私の年齢に相応していた。

肉体は悲し、ああわれはすべての書を読みぬ――こんなせりふは若者だからこそ言えることであろう。私自身、肺患の緩慢な回復期にあり、二十歳にしてすでに長生きしすぎたような気がしていたので、この種の詩句は素直に愛誦することができた。しかし、マラルメ特有のもって廻ったようないいまわし（時に、韻をふむために少し無理な語をえらび、それに合わせて奇想を案出した趣きさえある語法）にはいささか辟易した。無知な私は、マラルメの詩は隅から隅まで深遠なのだと信じこんでいたから、気取ったことばの遊びにまで深い意味を読みとらねばならぬかのような義務感をおぼえ、それで読むのに疲れてやめてしまったのだと思う。

それともあるいは、（全く逆なのだが）蒼空《アジュール》、蒼空《アジュール》！　とくり返し絶叫して終るような詩に仰天して、若者らしい傲岸さから、マラルメに見切りをつけてしまったのかもしれない。いずれにしても私はとうていマラルメのまともな読者ではなかった。

しかし、この度読み直して再認識したのだが、マラルメのなかには、後々まで私にひそかな影響を与えたかもしれない一種の感性の様式がある。それは《眼—湖水（蒼空）—鏡》という自意識の図式で、この観念連合は早くも「鏡、湖」ではじまる『罰せられた道化』にあらわれている。『ためいき』では、「蒼空は果しない倦怠を大きな池に映す」のであり、さらに「ほろにがい無為に倦み」にはじまるソネットでは、湖水はまさに眼であり、岸辺の葦はその睫毛に見立てられている。

水鏡をふくめておおよそ鏡というものが喚びさます自意識が極限に達するのは、何といっても『エロディアード』においてであろう。書きこみだらけのガリマール版の詩集には、そうした鏡の箇所が特に赤鉛筆のギザギザの線でしるしづけられていて、やはりその頃の私がこの種の詩句にかなり気をとられていたことが分かる。エロディアードが見入る鏡は、「倦怠によってその縁の中に凍った冷やかな水」なのであり、その水鏡的な鏡面に、彼女は「はるかな影のように現れ」るのである。

夜ごとその冷厳な泉の中に
乱れ散る夢の裸形を私は識った

さらに、ダイヤモンドの眼をしたエロディアードをめぐって「万物ことごとく鏡の偶像礼拝に生きる。」この究極のナルシシスムは、汎美主義へと到る鏡的な究極の美であり、結局私がマラルメから与えられた最高の贈物だったようである。

かもめの水兵さん

幼いころ、なぜか幼稚園に通っていなかったので、もっぱら家の中で遊んでいた。おくてだったので、多分、幼稚園に通うには幼稚すぎると親は思っていたのであろう。七歳年上の姉はすでに大きな小学生で、昼間は学校へ行っていたし、第一、私は姉の遊び相手としては幼なすぎた。私の生れる前からいるねえやに猫可愛がりしてもらっていたけれど、彼女も一日中私の相手をしているほどひまではなかった。茶の間にすわっている母の代りに、掃除、洗濯、買物、食事の支度等々、要するに主婦代行で甲斐甲斐しく働いていたからである。今思うと一番ひまがありそうなのは母だったが、なぜか私は母に遊んでもらった記憶があまりない。幼年期の記憶は、印象ぶかい部分をのぞいてあとはおぼろなもやに包まれているので、出無精な母が茶の間で私の相手をしてくれる、というような日常的な風景は記憶に残っていないのであろう。かえって、夜、食事を片付けたあとの食卓で、父がおはじきをして遊んでくれたことなどが印象に残っている。

そんなような暮しぶりで、昼間はひとりでトランプをしたり、折り紙をしたり、独り遊びをすることが多かった。ラジオなども、きくとはなしにきいていたようである。格別音楽に関心のある家庭でもなく、ろくな楽器もなかったけれど、当時としては音質のよい、モダンな香りのする「電蓄」と、もうひとつ、古い手まわしの蓄音機があって、それが私の気に入りのおもちゃになっていた。押入れには大ぶりな、分厚い円盤状のビスケットのカンが二つ三つ鎮座していたが、それらは途方もなく重かった。ギッチリとレコードがつまっていたからである。その中の一つが私専用で童謡のレコードがいっぱいつまっていた。まるでレコードケースとして作ったかのように、ビスケットのカンは当時のレコードにぴったりのサイズだったのである。

退屈すると私は、重すぎるそのカンをもち出し、自分の好きな童謡に耳かたむけていた。メロディーを楽しむ以上に、蓄音機という機械仕掛のふしぎさを楽しんでいたのかもしれない。そもそも、音がきこえてくるまでの手順には、儀式めいたものものしさがあった。

まるいカンの中からレコードをえらび出し、それを蓄音機のフェルトを張った鉄の円盤の上にのせる。中心の出べそのような短い軸にレコードをはめこむとか、ピックアップに針をさしこみ、ねじでしっかり固定するとか、そんな単純なしぐさが、四、五歳の子供には結構複雑な作業なのであった。音盤とピックアップの準備が終ると、こんどは蓄音機の取手を両手でギリギリと力いっぱいまわす。それからいよいよ出発進行、黒いつややかなディスクがくるくるとまわり出すと、ピックアップをもちあげてその端の方に針をのせなければならない。これはもっとも緊張感をともなう作業だ。うまくすっとのせないと、ガガッと耳ざわりな音がする。ぶきっちょな幼児の手つきでは、ガガッという場合の方が多くて、スムーズにすっと行くと、何ともいえぬ満足感が味わえた。

一つのカンに入っている十枚あまりのレコードは、戦前のことだから、「雨ふりお月さん」とか、「昭和の子供」とか、「月の砂漠」とか、せいぜいそんなものであった。限られたレパートリーを、とっかえひっかえして聴いていたわけだが、童謡なのでほとんど単純な長調で、たまに短調のメロディーや半音階が出てくると、私の耳はそれを聴き分けて楽しんでいたように思う。大人用の洋楽のレコードをこっそり出して——傷つけるというので勝手にさわらしてもらえなかったのを——かけてみると、まるで高次元の世界がひらけてくるようで、うっとりとするような体験であった。わが家の大人たちは、電蓄とレコードを所有しているだけで、子供の私のように、しょっちゅうレコードをかけて楽しむ習慣がないので、まるで宝のもちぐされみたいなものであった。

私の気に入りの童謡のひとつに「かもめの水兵さん」というのがあったが、この曲については、甘酸っぱくほろ苦い記憶が今もあざやかに残っている。

小学校にあがった年、父が洋行をした。洋行などというのは今では死語であろうけれど、要するに父が世界一周旅行をしたのである。今日のように誰でも手軽に欧米に行ける時代ではなく、よほど恵まれた境遇の人か外交官ででもなければ外国旅行などしなかった時代であるから、一介の銀行員にすぎない父が、欧米経済事情視察という名目で「洋行」させてもらったことは、平穏無事なわが家にとってちょっとした出来事だったのである。

半年あまりの世界漫遊から帰った父を迎えて、家では賑やかな歓迎の宴が催された。といってもごく内《うち》うちの会で、父の年若い友人たち――つまりわが家出入りの学生たち――が企画演出してくれたものである。この辺の事情は多少の説明を要するが、父は根っからの無邪気な遊び好きで、学生と気楽に遊ぶのが大好きだったし、母が親分肌で面倒見がよかったせいもあって、私の家は近所の学生たちの社交クラブの観を呈していた。なかでもしげしげと出入りしていた数人とは、後年まで親交がつづき、父母が没した現在でも、姉や私との交際がつづいている。

さて学生たちは、その宴席の余興に、ヴァイオリンだのアコーデオンだの手品だの、それぞれの隠し芸を御披露に及んだが、それも父の旅行の道筋をたどるという趣向で、父が立ち寄った国々の民族衣裳らしきものを身にまとい、それぞれの国語を片言でしゃべりながら演じてくれたのである。出演者の中には私も予定されていた。最年少で「別格」の私の出番はイギリスで、小学校で習いたての「かもめの水兵さん」のダンスであった。フランスから船でイギリスに渡った父を、英国水兵が出迎える、という段どりで、フランス紳士に扮したスマートな学生が、オールヴォワールとかいいながら引込んだあと、今宵ばかりは「電蓄」にかけられたおなじみの曲にあわせて、帽子からズボンまで水兵服に身を固めた私が、挙手の礼をしながら、足どりよろしく進み出た——そこまではよかったのだけれど、何しろ多勢の大人たちの拍手と笑顔に迎えられて、私は突然どうしていいか分からなくなって立往生し、ワァッーと泣き出してしまったのである。颯爽たる水兵さんが急転直下六歳の幼児に還って、学生さんたちに抱きかかえられ、泣きじゃくりながら楽屋——つまり隣室に引込んだあとのことは全く覚えていない。幼い日の、そこだけ鮮明な、記憶の一情景である。

胡瓜の舟

幼い子供のころ、私にとって大人どうしの会話はむろんおおむねチンプンカンプンであり、不可解であるゆえに深遠であり、従って、深遠な言語を自在にあやつる大人とは、理解を絶した畏敬すべき存在であった。やや長ずるにつれてその「深遠さ」は次第に底が浅くなってきたが、かなり大きくなるまで不可解で気がかりなことばがいくつかあった。たとえば「株」。

全く手のつけようのない難解な抽象語ならば、わからないのは当然で、あまり気にもならなかったのだが、このカブという語は、大根の親戚のようで今にも漬物鉢の中に姿を現わしそうでもあり、また木の切株とならんで森のはずれなどに居坐っていそうでもあり、具体的なイメージを喚起するだけに、わかりそうでわからないもどかしさがあった。

まして、その株が株式となって、なにやら宗教儀式めいた雰囲気を帯びながら、一方ではひどく世俗的な金銭の問題に直結しているらしい、という消息はまことに不思議というほかはなかった。これに比べれば株主という語はまだしもわかりやすく、切株の持主あるいは樹霊めいた切株の主というような連想を伴っていた。後年私は「春」と題する詩にこんな一節をさしはさんだが、これなどは幼年期の「株」の遠いエコーである。

ロバをつなぐために立てた杭は
雨にうかうかと芽を吹き
森では株主総会が開かれる

この森の中の総会では、ずらりと居ならぶ「株」が新鮮なみどりの言葉をそよがせるはずで、この種の「意味のズレ」は詩人の常套の技法になっているが、子供にとってはこのズレがズレであることすらわからぬほどに不透明であり、広大な不可知の領域のいたるところに、暗くてユーモラスな陥穽が仕掛けられていた。そして、チンプンカンプンのことばに出逢ったとき、子供は子供なりに、自分の支配下にある語彙の中から同音異義の語を探し出し、なんとか「理解」することでその陥穽から抜け出そうとする。たとえば正月に、七つも年上の姉をまじえて大きい人たちが歌がるたに興じているとき、ひとりだけミソッ子である私は、

ねやのひまさへつれなかりけり

とよみあげる声をきくと、ねえやがひまなとき、出かけようとしてもお伴れがないのだな、かわいそうなねえや、と了解したものである。

筑波嶺のみねよりおつる男女の川
こひぞつもりてふちとなりぬる

これなどは当時、男女の川という長身魁偉な横綱が子供にも有名だったので、私は山から落っこちる相撲とりと鯉との関係がさっぱりのみこめぬまま、しかし、男女の川が実在の川であるという見当はついていて、鯉の大群が淵を埋めつくす奇観を思い描いていた。

そのころ父や姉が口にする「古事記伝」はつねに「乞食伝」であり、(伝記を書いてもらうくらいだから、よほどえらい乞食にちがいない)「源氏物語」ではむろん頼朝や義経が活躍してい

るはずであった。
もう少し大きくなって十代の前半、学校で、ウェーバーの曲にこんな歌詞をつけたのを歌わされた。(キリスト教の讃美歌にも使われている、あの、ソーソラソミドドーラーの旋律である。)

天地は果なし無窮の遠《をち》に
いざ棹させよや窮理の舟に

この舟は何回聴いても胡瓜の舟であって、私は細長い緑いろのカヌーが空をすべってゆくのを思いうかべながら声をはりあげたものであった。後年私がまっとうな学問を避けて詩をいじりまわすことになったのは、このとき誤って窮理ならぬ胡瓜の舟に棹さした結果かもしれないと思っている。

年を重ねる

今は満何歳で年齢をかぞえるけれども、むかしは日本人は数え年で齢をかぞえたので、みな正月に一つ年をとった。全国民一斉に誕生日を迎えるようなもので、正月はなおさらめでたいのであった。満年齢でかぞえるようになってから、個々の誕生日の重みが増し、その分正月のめでたさが減った。

ともあれ元旦は年の誕生日といってよいであろう。《時の翁》といった神格を想定すればなおさら実感がこもろう。春夏秋冬の循環のサイクルをかぎりなく重ねる、不老不死の「時の翁」の、元日はその誕生日なのだ、と（時の神は女神であってもよいのだが、ギリシア神話の時の神クロノスが男神であるために、なんとなく「時の翁」といってしまうだけのことである）。

もっとも、今のように冬至からおよそ九日ほど後を一月一日と定めたのは近代人の便法であって、一年はいつからはじまってもよい。むかしは各民族がそれぞれの暦をもち、それぞれの元日を祝っていた。日本では、明治になるまで太陰暦で、小寒も大寒も過ぎたあとに元日を迎えたから、正月ともなれば春近しの感が強かったであろう。文字通り「新春」であったわけだ。今も年賀状に「頌春」とか「賀春」とか書くけれど、正直なところあまり春を迎えたという感じではない。まだこれからが冬の本番なので、万事せっかちな現代の日本人が、一月《ひとつき》近く元日をくりあげて、ムリヤリ春の到来を強制している印象がないでもない。

西洋の暦法をとり入れてからは、ことに近年はクリスマスと正月をワンセットにして祝うようになった。冬至の直後にイエス・キリストの誕生日をもってきたのは、古代の冬至祭——歳の再生の祭り——とイエスの生誕とを重ねる、キリスト教の知恵であった。むろんイエスの誕生日など何の記録にもないことだし、第一、生年も定かでない。大体の生年を想定してキリスト教暦元年としたのだが、これも実際とは四年ほどずれている、といわれている。

こんなことにこだわるのは、じつは私の誕生日が実際より少々くりあがっているからである。イエス様の生年すらはっきりしないのに、私如きの誕生日のずれなど、どうでもいいようなものだけれど、自分のこととなるとやはり気になる。私は四月六日に生まれたが、戸籍の上では四月一日生まれとなっている。小学校にあがるとき、今でも一月から三月までの間に生まれた子を早生まれというが、戦前のことで、どういうわけか四月一日までは早生まれ扱いであった。そこで六日だけ誕生日をくりあげ、一年早く小学校へ入れよう、と親はもくろんだらしい。

あいにく私はたいそうボンヤリしたおくての子供で、その上幼稚園に通った経験がなかった。

幼稚園なんかに入れると子供がすれると親は言っていたようだけれど、本当は、私が幼稚園に入るには幼稚すぎたからだと私は信じている。おくての上に、家の中で遊んでばかりいて、幼稚園ですれるチャンスに恵まれなかったために、小学校にあがると、突然、騒々しく生気にあふれた雑色の子供の世界に投げ込まれて、私は途方に暮れた。親もさすがに心もとなく思ってか、はじめの一学期は毎日たみというねえやがつきそってくれた。たみは私が生れる前からうちにいて、私が大人になるまでずっと私を猫可愛がりしてくれたひとであるが、このたみが送り迎えだけでなく、私が小学校にいる間、ずっとつきそっているのである。授業中は教室のうしろに立っていて、毎日毎日授業参観という態たらくである。先生もさすがに呆れていたようだ。今ならとんだ笑いもので、早速イジメの対象になると思うが、むかしの子供はのんきだったので、別に爪はじきにもされなかった。ただ私はつねにたみという心強い味方がいるので、ますます頼りないボンヤリ者の性格が助長された。先生が出した宿題も覚えていないで、家に帰ってからたみに宿題が何であったか教えてもらう始末だった。

　こんな調子なので、誕生日をごまかして一年早く就学させようという親の作戦は全く裏目に出たが、しかし長い目で見れば、一年早く学校生活をはじめてよかったと思う。というのは私は女学校で一年、大学で一年、都合二年も休学して落第したからである。もし正しい誕生日にもとづいて、一年おそく就学していたら、卒業が三年も遅れてしまったであろう。

　それにしても、本当のと贋《にせ》のと二通りの誕生日がある、という事実が、私の意識に多少の影響を及ぼしたことは否定できない。区役所の戸籍簿に記載され、世間に通用する公式の誕生日が贋の誕生日であり、しかもエイプリル・フールに当たっている——どう見ても私は生まれからしてうさんくさいのである。

後に、三十歳代の終りに出した詩集に『贋の年代記』という題をつけ、末尾には「遺作」まで収録したのはいささか遊びが過ぎた感じもするが、こうした贋物感覚をもてあそぶようになったのも、ひとつには表裏のある出生の日付をもったせいかもしれない。

しかし、たった六日の生誕の日のずれが気になるのは、人間のさかしらの世界だけのことで、大自然ではもちろんもっとおおらかに事が運んでいる。草木はみな申し合わせたように、春、土から芽を出す。動物たちもまた、四季のめぐりに従って交尾と出産の時期がある。季節の支配力は絶大で、生きとし生けるものの生誕を司っている。生殖のための体内的季感を喪失し、年中のべつまくなしに生殖行為を行っているのは、被造物の中で人間くらいなものであろう。

季節と共に生きるものたちのなかで、齢の重ね方がいちばんみごとなのは樹木である。木が土から生えでるときは、ほんとうにかわいらしいのだ。私の家では、毎年ヒマラヤ杉やユーカリの実生《みしょう》がたくさん生える。他にも実生の芽はたくさん出るけれど、特に大木になるヒマラヤ杉を例にとると、土からじかに柔らかい針葉をひろげ、あまりに可憐なので抜きとるのはかわいそうに思うけれど、放っておくと広からぬ庭が森になってしまうので、やむをえず引き抜いている。こんなに小さなものが、数十年たつと、今庭にそそり立っているような、三十メートルもの大木に育つのだから、その生長は大変なものである。人間の赤ん坊と成人とでは、目方にしてせいぜい二、三十倍、身長ならばたかだか五倍くらいのちがいであるのに、土から芽ぶいたばかりの苗木と、育ちきった大木とでは、その差は何万倍か計ることもできない。しかも巨木になってからも、死ぬまで木は少しずつ生長している。伐られて後はじめてはっきりと知れることだが、どんな大木も生長を止めていない証拠には、いかに間隔が狭くなろうとも、確実に外へ外へと同心円の年輪を重ねている。四季が一巡する度に、木は自分の齢を体内に記録しておくのだ。そこには何のごまかしもずれも起こりようがない。木はそれ自身、生きた暦なのである。

宛先不明

夏のはじめに、上京して姉とともに亡母の十三回忌をすませて間もないある晩のことです。私は夢の中で母に手紙を書いていました。筆無精で、いつも用事は電話ですませ、めったに母にたよりも出さなかった私ですのに、いやにまめまめしく、長い手紙を書いているのです。どんな内容だったか、あらかた忘れてしまいましたが、一か所はっきりおぼえているのは、お母さんが亡くなった夜、むしあつい庭の奥に、こんもりとまるいあじさいの花が、青ざめたぼんぼりのように、内側から明るんで咲いていて、まるで人魂《ひとだま》のように見えましたが、あれはほんとうはお母さんだったのではありませんか。庭の隅から窓ごしに、私たちの通夜の様子を眺めていたのではありませんか、と問いかけている箇所です。そして最後に、死者へのあいさつとしてはおかしなものですが、そのときは大まじめに、無事に法要をすませましたから御安心ください、と書きそえました。

便箋をたたんで、封筒に宛名を書こうとして、私は考えこんでしまいました。住所が不明なのです。母の生地は滋賀ですが、住居はずっと東京で、墓は多摩墓地にあります。多摩墓地二十五区四十八側としようか。でもこれではあんまりです。お墓に郵便受けがあって、手紙がすとんと骨壺の上に落ちる、まるでブラック・ユーモアです。では西方浄土御中としようか。十万億土では、どんな超音速の航空便でも届かないでしょう。

私は封筒を手にしたまま、考えあぐねていました。すると誰かが——どうやら中年か初老の女性でした——ななめの方から近づいてきて、軽く会釈をしながら、私がお届けしましょう、ついでですから。とその手紙を私の手からかすめとるように持ち去り、足早に部屋を出ていってしまいました。私は呆気にとられていましたが、はっとしてあとを追おうとして、そこで目がさめました。

おかしな夢をみた、と思い返して、あの女の人はいったい誰だったのか、それがしきりに気になりました。知人ではないけれど、どこかで逢ったような気がします。お化粧をしていない肌がきめこまかく、色白で小柄な人でした。地味な和服で、髪には白いものがまじっていました。

こんな夢をみるきっかけとなったのは、十三回忌の法事ばかりでなく、たまたまその前の日に、たんすの奥の反古《ほご》を整理したとき、四半世紀もむかしの母の手紙が出てきたせいもあったようです。私はあまり思い出を大切にするたちではなく、手紙類はほとんど即座に屑籠に入れてしまう習慣なのですが、その手紙だけはどういうわけか保存されていました。書いてあることはどうということもない、私の二十九歳の誕生日の祝いのことなのですけれど、上質の巻紙に毛筆でしたためられていて、それを読み返すうちに、母がいつも巻紙を左手にもち、筆をもった右手を宙に浮かせて、すらすらと書いていたのを思い出しました。あれはもう、当節では、歌舞伎の舞台でしか見られないような図でした。とりわけて書道を稽古したというわけでもなかったでしょうが、書き馴れた、のびのびした字です。ほとんど雄渾といってもいい、勢いのある筆蹟です。

その古手紙を読み返した晩、私は夢の中で手紙をしたためたのです。むろん巻紙ではなく、ただの便箋に、ペンで。

あの手紙は母に届いたでしょうか。

手紙をあずかってくれた女の人は、もしかすると、私の知らぬ母の知りびとで、あの晩息をひきとったのではないでしょうか。だって「ついでですから」とあの人はいったのです。十万億土の旅のついでに、母に届けてくれたのかもしれない。そんな気がしてならないのです。

II

ミシガンの休日

コックピット体験

成田でジャンボ機のアパーラウンジ（二階席）にすわったときから、この度のアメリカ行は幸先がよいような気がした。というのは、離陸前、客席と操縦室との境の戸が開け放ってあるので、すわったまま首をのばしてコックピットをのぞいていると、深紅の制服に身を固めた金髪のスチュワーデスが私をさし招いて、見たかったらおはいりなさい、とコックピットに入れてくれた。すると、黒っぽい口髭を生やした機長が愛想よく席を立ち、なんと私を操縦席にすわらせてくれたのである。

――私がハイジャックしたらどうします？　などと冗談めかす程度の余裕は示したものの、

内心ホクホクしながらコックピットから客席へもどってくると、一部始終を見ていた乗客の紳士たち——アパーラウンジに「淑女」は私一人だった——の、さもうらやましげな視線にぶつかった（前の席の日本人紳士のごときは、ほとんど腰を浮かしていた）。

じつをいうと私は、コックピットに入らせてもらったのはこれが二度目なのである。一度目は七年前、あこがれの地エジプトへ旅したとき。

エジプト航空のジェット機はもっと小さくて、しかも私の席は最前列だった。夜間飛行中、浅い眠りからさめると、操縦室と客席との仕切りのドアが半開きになっていて、操縦席の前面がぼうっと微光を放っているのが見えた。いささか近視と乱視の気味があるので、めがねを取り出し、立ち上がって目をこらしていると、何かと親切に世話をやいてくれていたみごとな美青年のスチュワードが、見てきたらどうです、と肩を押すようにしてコックピットに私を押しこんでくれた。

それは圧倒的に美しい幻想的な眺めだった。狭い壁面を埋めつくす計器類の無数の円盤だけが、地上数千メートルの高空の闇の中に妖《あや》しい輝きを放って浮かびあがり、まるで神話の巨大な孔雀が、きらめく斑紋のついた尾羽根を太虚の闇にひろげているかのようであった。

——そうだ、コックピットはピーコックだった。ノースウェスト航空機の自分の席にもどりながら、私は七年前のこの鮮烈な体験をまざまざと想い起こしていた。このジャンボ機の計器類は、あのエジプト機と比べるとずっと数が少なく、夜間でも飛行中でもないので、夢のように輝いているわけでもなく、あの幻想の大孔雀のイメージからはほど遠い。しかも一旦離陸して後は、客席との境のドアはピタリととざされたまま、二度と開かれることはなかった。

それにしても、外交官でも商社マンでも旅行家でもなく、わずか数回海外へ旅しただけの私が、二度までも操縦室に入らせてもらえたとは、運のいい偶然としかいいようがない。しかもこの度は、ハイジャックなどに特別神経をとがらせているはずのアメリカの航空機で、離陸前とはいいながら機長の椅子にすわらせてもらった。こうしたハプニングのおかげで、私は何となくツイテイルという一種の幸運の感覚を身につけたまま、アメリカ大陸に到着することができた。

デトロイト空港では、私の受け入れ先の大学のフイッツシモンズ教授夫妻が出迎えてくれた。フイッツシモンズ氏は、私をポエット・イン・レジデンス（客分の詩人）としてオークランド大学に招いた人である。いずれ書くことになろうが、ミシガン滞在中、私はずっとこの夫妻の世話になり、まるできょうだいのように親しくしてもらうことになる。彼らの行きとどいた配慮、またミシガンの人々との数々の幸運な出会いのおかげで、そして（これが最大の理由だと思うが）私の度しがたい楽天主義のせいで、私は、手荷物の大トランクが行方不明になったり、その他いくつかのトラブルはあったものの、四カ月のアメリカ滞在中、最後まで、ツイテイルという感覚を失うことがなかった。

塩からい道路

今にアメリカの赤ん坊は、足の代わりに車輪を腰にくっつけて生まれてくる——。このデトロイト周辺では、そんな冗談が、たいへん切実味を帯びてきこえる。とにかく車なしでは生きられない社会なのだ。

アメリカでもニューヨーク、ワシントン、シカゴなど、たいていの大都会では地下鉄やバスがあって、自動車をもたないでも出歩くことができるけれども、デトロイト近郊にはそうした公共交通機関が一切欠けている。しかもドーナツ現象で市中が空洞化し、車で三十分、五十分かかる郊外に、ポツリポツリときれいな町が点在している。野原や雑木材の中を東西にも南北にも、一マイルの間隔で碁盤の目のように自動車が走っていて、ワイン一本買うにも「酒屋へ三里、とうふ屋へ二里」の遠さがあり、バスがないとすれば自動車に頼らないわけにいかない。

私は一応、国際運転免許をとっていったが、車を買うには滞在期間が短すぎるし、長期契約でレンタカーを借りると、あまりにも高くつきすぎる。それに、私は運転歴だけは長いものの、歴史が長いことはその国が現在栄えていることにならないのと同じ事情で、決して運転上手とはいいがたいことを自覚しており、地理不案内の右側通行の土地で、しかもしばしば凍結してスリップしやすい時季に、事故を起こさずに運転できる自信はなかった。そこで、私以前にここにポエット・イン・レジデンスとして滞在した大岡信氏や佐々木幹郎氏を見習って、もっぱら人様の車をアテにすることにきめアテにできない時は電話でタクシーを呼ぶことにして、ついに一度もハンドルを握らなかった。

これほどまでに公共交通機関が欠如している最大の理由は、ここがフォードやGMの本拠、アメリカ自動車産業の中心であるからで、もう十年も前から地下鉄を通そうという話はもちあがっているが、いつも自動車メーカーの反対に押しきられて実現しないらしい。教会でスープ・キチンという貧民給食を受ける人々ですら、スープにありつくためには車で乗りつけなければならない。

デトロイトの町はずれにヘンリー・フォード博物館というのがある。機械文明に拒絶反応を示す私は名前を聞くだけでもうんざりだったが、一見の価値はあるから、としきりにすすめられて、ニューヨークで出会った息子がミシガンまで来たとき一緒に見物に行った。発明期以来の自動車ばかりでなく、直径五メートルもの巨大な鋼鉄の車輪やギアを組み合わせた動力機械の類がおびただしく展示されている。何とかして機械にエネルギーを生み出させようとする近代人の圧倒的な意志と努力が、そのまま物質化されているようで、むしろ不気味でさえあった。単純な機械力が一線を踏み越えれば原子力に変貌するのだ。

私の泊まっていた家はデトロイトの北方、車で三十分の地点にあるが、そこから大学まではさらに北へ二十分かかる。週に一度の「出講日」には、いつもフィッツシモンズ教授（長たらしい名なので、今後は、じっさいに呼んでいたようにトマスと表記する）が迎えにきてくれる。親日家のトマスは、小さな手まりのついた豊川稲荷のお守り札を、フロントグラスにぶらさげている。彼の車はトヨタのステーション・ワゴンで、一見してかなりの年代物。きけば、もうまる十年これに乗っているという。

トマスの助手ジェリーの車はさらに古く、十四年目ということだった。犬や猫の年齢と同じで、車も十四歳といえば、はあ、かなり長生きですねえ、と感じ入ってしまう。

一般にこちらの人は日本人ほど車の体裁にこだわらないようで、汚れた車、へこんだ車、サビの出た車を平気で乗りまわしている。道路の凍結を防ぐために、豊富に産する岩塩をやたらにまくので、動植物の生態系への影響も大きいだろうし、まず車がさびやすくなる。しかしどんなことがあろうと車で走りまわらずにここで暮らすことはできないので、ミシガンの道路は国技館の土俵なみの塩分に耐えているという次第である。

ウッカリ先生

はじめて大学へ行く前日、「現代日本文学セミナー」で使う分厚い本をトマスから手渡され、パラパラとめくって目次に目を通したとき、私は啞然としてしまった。

予想通り三島由紀夫、大江健三郎、安倍公房など、代表的な作家の短編の英訳が収録されているのだけれども、私がそのどれひとつとして読んでいないことを発見したのである。ふつうのちゃんとした人なら、前もって本の目次ぐらい調べておき、日本で読んでおくのであろうが、私は「何の準備もいらない」というトマスのことばを真に受けて、文字通り何の準備もしなかったのである。

もともとあまり熱心に小説を読むタイプでなく、「現代日本文学」に暗いことは自覚していたが、これほど無知であるとは知らなかった。「まるで私の読んでいないものばかり選んだみたい」とぼやくと、トマスは苦笑して、「短編だし、一週一編ずつだから、らくに読めるでしょう」という。

それにはちがいないが、日本の小説をわざわざ英訳で読むのはばかばかしい。しかし、身から出たサビでいたしかたなく、その晩、明日とりあげるという川端康成の掌編数編をちゃんと読んでおいた。

ところが翌日大学について気がついたのだが、肝腎のその教科書―「現代日本文学選」―をもってくるのを忘れていた。しまったと思ったが仕方がない。トマスの本を見せてもらおう。

トマスに本を忘れたことを白状すると、彼はまた苦笑いして(私がヘマをする度に、私は幾度この寛大な苦笑が、みごとな白ひげに飾られた彼の口もとに漂うのを見たことだろう…)、まあいいさ、大したことじゃない、と。そこで二人つれ立って教室へ行き、学生たちに私の紹介をすませた後、ぐるりと一座を見わたしてフィッシモンズ先生曰く、「じつは今日、われわれは二人とも教科書を忘れてきました」。これには学生ばかりか私も呆気《あっけ》にとられた。私はトマスだけは本をもっていると信じていたのだ。席の近い学生が気を利かして自分用の本をまわしてくれたが、二人のウッカリ先生は、もう内容はよく分かっているから大丈夫、などといいながら、まるで宿題を忘れた生徒のようなテレくさい顔をしていたことは申すまでもない。

この失態を皮切りに、私が忘れ物、失《な》くし物の常習犯で、要するに稀《まれ》にみるウスラボンヤリであることが間もなく学部中に知れわたってしまい、しっかり者の主任セクレタリ女史からはつねに要注意人物とみられていた。

私はトマスも少々ウカツな人であることを知って、すっかり親近感を抱いてしまったが、彼の方ではとんでもないボンヤリ日本人の面倒をみるのが大変だったと思う。銀行へ行って小切手や現金の出し入れをするときなどは、まるで知恵おくれの妹の世話をするみたいに、毎度そばにピタリとつきそって、私が記入をまちがえないよう、受けとった現金はおき忘れたり一枚落としたりせずにちゃんと財布に入れるよう、気づかわしげに監視していた。

トマスの奥さんのカレンも、教養が高く、気どりのないさっぱりした人柄で、よく私を買い物につれていってくれた。この店のジャガイモは焼くのにいい種類だけれど、煮るのに向かない、といって、ジャガイモだけのために別のショッピング・センターへ行ったり、このパンはおいしいけど大きすぎるから半分分けしましょう、などと、なかなか楽しい買い物をして、その辺のレストランで昼食をとりながらおしゃべりをした。カレンも私のボンヤリが気がかりだとみえて、私がレジで百ドル紙幣を出したりすると、そんな大きなお札を見せるのは危険よ、と注意してくれた。そして、私を家まで送ってくれるときはいつも、私が鍵をとり出してドアを開けるまで車の中から見守っていた。私が外出のとき鍵をもたずに出て、寒中、自分の家で締め出されの状態に陥ったことがあるのを知っているからである。

開かれた大学

ミシガンのオークランド大学は第二次大戦後新設された州立大学で、アイビーリーグの秀才校などとはわけがちがうけれども、地域社会ではかなり重要な役目を果たしていることがだんだんわかってきた。まず目立つのは勤労学生が多く、平均年齢が高いことだ。黒人も多い。子育てが終わってから、学ぶのが楽しみで入学してきた中年の婦人もいる。

夜学もあるけれども昼間もけっこう勤労者が通学していて、むろん、普通の学生のようなわけにいかないから、六年、七年とゆっくり時間をかけて単位をとっている。だだっぴろい構内には、ふつうの学生寮だけでなく、妻帯した学生のための住宅が何十戸も建てられている。そしてむろん、広い広い駐車場。

私が四階にオフィス（日本でいうところの研究室）をもらっていた文学部の建物の一階には、メドウブルック・シアターという小劇場があり、ほとんど常時、商業演劇が上演されている。そしておどろいたことに、近隣の町々から、毎晩、小ホールをほぼ埋めつくすだけの人数が芝居見物にやってくるのである。

日本人の感覚でいうと、この大学はおそろしく辺ぴなところにあって、野っ原にポッンポッンと建物を建て、構内に入ってからこのホールに達するにも、歩けばかなり時間のかかる、こんなところで芝居なんかしても人が集まりそうもないのだけれども、そこはクルマ社会だから、十マイルの距離などモノともせず、年配の紳士淑女が集まってくる。前に書いたように、中流以上の人々はデトロイトのダウンタウンを離れて郊外に住んでいるので、彼らにとっては市中の大劇場へ行くよりもオークランド大の小劇場の方がむしろ手近なのであろう。

私も一度だけ、「良いお医者」というのを見物したが、チェーホフの短編小説をいくつかアレンジしたもので、適当にワサビも利いており、気軽に楽しめる芝居だった。日本では学祭のときなどに講堂で芝居がかかることはあっても、常打ちの小屋があるというのはあまり例がないのではないだろうか。

メドウブルック・シアターと廊下ひとつへだてたところに、メドウブルック・アート・ギャラリーというのがあり、これがまた意外と充実した画廊で、臼井喜一氏という日本人画家が責任者となっている。一九七七年には、神戸の旧南蛮美術館の蔵品を送ってもらい、「とざされた扉を通して」と題して、鎖国時代の日本の西洋志向あるいは洋画技法の画、いわゆる南蛮美術の展覧会をしたという。そのときの立派な目録を頂いて、メドウブルック画廊なるものを見直してしまった。臼井氏の話では、黒人のプリミティブ・アートをかなり集めているので、日本のどこかの美術館と交換美術展をやりたいのですが、ということだった。

小劇場、画廊、そしてそのほかに、音楽学部のホールなどもあり、いかにも地域社会の市民たちに開かれた大学、という印象をうける。高くそそり立つ象牙の塔もよいが、こうした親しみやすい開かれた大学も日本に─特に地方都市に─あってほしいと思った。

開かれたといえば、教授たちのオフィスも、部屋の主が在室していればたいていドアが開け放してある。日本の大学では、不在のときはむろんのこと、在室のときでもドアが開いていることはめったにない。この大学は文字通り開放的なのである。私もはじめのうちはドアを閉めて本を読んでいたが、「開けておくと、話をしたい人がやってきますよ」といわれたので開けておくと、なるほど、通りがかりに近所となりの教師たちが、まだ紹介されていない人まで、みずから名を名のって、「オークランドへようこそ、居心地はどうですか」などとあいさつしていってくれる。哲学のB教授のごときは、どこでどんなデマを聞きこんできたか、「あなたは哲学にくわしいそうですが、主としてどんな哲学者のものを読んでおられますか」などと私をテストし、どうやら合格したとみえて、すっかり腰をすえ、一時間以上話しこんでいった。

気球のように

人間、年をとるにつれて時間が速く過ぎていくのはだれしも経験するところである。寿命という固有の持ち時間が残りわずかとなれば、時は幾何級数的に速度を増す。私の短いアメリカ滞在中に、それと全く同じ現象が起こって、最後のひと月、私はひどくあわただしい思いをした。

二月末から一週間ニューヨークに遊び、三月上旬ミシガンにもどってきたとき以来、時に加速度がつきはじめたのがはっきりとわかった。もう滞在期間の半ば以上過ぎたと意識したとき、地球は突然自転の速度をはやめ、以後、《終末》めざして日々はめまぐるしく昼夜の交替をくりかえした。四月末までアメリカにいるといっても、事実上、四月二十三日にミシガンを発《た》ち、あとは西部を旅するのだから、もはや余命いくばくもない感じになる。そんな感覚をミシガンの友人たちは幾分わかちもってくれたらしく、顔を合わせる度に、時の迅速さを口にし、「もうあとたった三週間!」などというのであった。

今、一月から四月までのカレンダーに書きこんだメモを見ると、さまざまな招待やインタビューや音楽会などの日程が、あとになるほどたてこんでいて、なるほど三月四月は忙しかったな、という気がする。それも、心の浮き立つような忙しさであっただけに、なおさら時のたつのが惜しまれた。もうすぐお別れなのだから、と親切な友人たちがあちこち連れていってくれたなかで、とりわけイザベルが招待してくれたミュージカルの楽しさは忘れられない。この地でつきあった人々の大半は大学関係者だったが、イザベルは医師の夫人で、日本に関心をもち、日本語を習っている。読書家で、詩のよくわかる人である。まっ黒な髪、大きな鋭い切れ長の眼、独特の表情、そして決して月並みな服装をせず、世界各地であつめた風変わりな衣裳や装身具を身にまとい、一度会ったら忘れられぬ風貌である。

アシタ　ワタクシタチ、みゅーじかるニイキマス　ワタクシタチ　タノシムデショウ

こんな日本語につきあっていると、こっちの日本語もおかしくなって、ハイ　キット　タノシムデショウ　などといっている。彼女がまだるっこしくなって英語に切りかえると、かえってホッとするくらいだった。この人に連れられてデトロイトの劇場で見物したのは、なんと半世紀も昔に作られたミュージカルの古典「オン・ユア・トウズ」。ジャズやミュージカルに全く無知な私は、これよりひと月前にニューヨークで、ロングランをつづける「コーラス・ライン」を聴いて、ハァなるほど、と思ったけれど、正直なところ、この昔々のナツメロ・ミュージカルの方がずっとおもしろかった。あらゆる意味でサービス精神に富み、ミュージカルの原点といったものを感じさせてくれた。

もうひとつ、ミシガン最後の忘れえぬ想い出は、ヒューロン川での一日である。この地では四月半ばはまだ春浅く「あとせめてひと月いればいいのに。これからがいちばんいい季節なの

に」と皆口々にいってくれて、まだ少しさむいけれど、ちょっとでもミシガンの春を味わってほしい、と、トマスとカレンがもよおしてくれた心づくしのピクニックだった。

バーベキューとワインで体をあたため、美しい川べりを散策すると、早春のみどりにおおわれた岸の間に、まるで流れるともみえぬ静かな水が夢のようにひかり、水辺にたたずむ青サギが、時おり優雅な身ぶりで飛び立ったりする。そして彼方の空には何人かの人をのせたゴンドラをつるした彩り華やかな熱気球がただよい、それが雑木林の上をゆっくり渡ってくると、沼のような川の水面に、大きな気球の色あざやかな影が映って、すべては夢の中の風景のようであった。考えてみれば私の短いミシガンの日々は、紅や紫に染め分けられたあの気球のように、日常からきれいに切り離されて、私の一生の時の流れの上に、ポッカリと浮かんでいたような気がする。

「カレワラ」の国を訪ねて

去る六月、フィンランドへ向かう機上で、私は「カレワラ」を読んでいた。カレワラ――フィンランドの大叙事詩である。その冒頭、風と水とによってみごもった大気の乙女が大海原を漂っている。この世が創られる前の原初の海を。そしてページから目をあげ、窓の外を見ると、眼下いちめんの雲の海だ。東京からヘルシンキまで、一度も陸地の上を飛ばず、ベーリング海峡から北極海へぬけ、氷の海の上をひたすら飛んでいたので、なおさら、日ごろ住み馴《な》れた大地と縁が切れていた。カレワラのうたう、流動する混沌《こんとん》の海原のような、白い雲海の上に私はいた。

十二時間余り飛んだ後、飛行機はようやく着地の態勢に入り、機首を下げて雲の中に突入した。何も見えない、もやもやと濁った視界。その混沌を突きぬけると、突如として大地が現れた。あおあおした森、草原、そして湖。あざやかな輪廓と色彩をもち、まるで天地創造直後のようにみずみずしい世界。それを目にしたとき、私のなかにもみずみずしい感動がみなぎった。まるで宇宙創成の瞬間に立ち会ったかのような。そして私は思ったのだった、この国に来られてほんとうによかった、と。

フィンランドに飛ぶことになったのは、ヘルシンキの北百キロのラハティという湖畔の町で、国際作家会議というのが催され、それに出席することになったためだった。東西二十数か国から招かれた五十人ほどの人々は、作家ばかりでなく詩人、言語学者、評論家など多彩な顔ぶれである。そうそうたる知名の士のなかで、私は気楽に隅っこで何の発言もせず、「田舎のおばさん」で通そうと思っていた。

ところがフィンランドという国は、ヨーロッパのはずれに位置する国で、人種的にも他のヨーロッパの国とちがっており、やはりアジアのはずれにある日本には、(ロシアとの歴史的な因縁もからんで)たいへん親近感を抱いているらしく、会議のためラハティへ移動する前に、ヘルシンキ大学で「日本文化友の会」のために講演せよ、というプログラムができていた。もう一人の出席者である中上健次氏は、多忙のため、会議の前日ギリギリに到着されたので、「友の会」には私一人で話をする破目になった。終始ずっとお世話になったヘルシンキ在住の大倉純一郎氏がフィンランド語への通訳をしてくださったが、話のあと、日本語の詩を聞きたいという要望があったので、私は自作の詩を何篇《ぺん》か読んだ。幸い詩人で日本文学の翻訳家であるカイ・ニエミネン氏が、私の詩を翻訳されていたので、彼が同じ詩のフィンランド語訳を読み、ちょっとしたバイリンガルの詩の朗読会をする結果となった。

これを皮切りに、ラハティで会期に入ると、新聞、雑誌などのインタビューばかりでなく、国営ラジオ放送やテレビ局にもつかまってしまい、「田舎のおばさん」はなかなか忙しい思いをした。自作の詩の朗読だけでも、ラハティ市民劇場での招待詩人朗読会をふくめて、一週間になんと四回もやってしまった。常日頃、朗読などする習性は全くなかったのに、豚もおだてりゃ木に登るとはこのことだろう。なかでも、国営テレビのために、花咲き匂うリンゴの木の下で詩の朗読をしたことは忘れられぬ想い出となった。

こうした私の「出演」に、その都度つきあってもらったのが、翻訳家のカイ・ニエミネンと世話役の大倉さんで、この二人とは短期間ながら、濃い充実した交友を楽しむことができた。ことにカイはその存在自体が一種の自然詩であって、私はこの人と親しくなれただけでも、はるばる来た甲斐《かい》があったと思った。抜けるように白いやさしい顔に、亜麻色のひげをもしゃもしゃと生やし、青く心の底から澄んだような眼をしている。三十代の終り頃だろう、大柄で、ほんの少し腹がせり出ている。この人が日本流にていねいに背をまるめておじぎをすると、繊細な熊さんがおじぎしているみたいで、なんともいえない愛嬌がある。北欧童話で人気のあるトロルというのは、森のお化けとも妖精ともいえる大自然の精で、例のムーミンもトロルの一種だという話だが、カイを見ていると私はついトロルを思いうかべるのだった。心優しいハンサムなトロル。源氏物語の訳者だけあってカイは日本の古語によく通じているが、日本語の会話はあまり馴れていないので、たとえば「今晩一杯やりましょう」というところが、「今夜、宴《うたげ》をしましょう」とすこぶる優雅な話になってしまう。

一晩カイの家に泊めてもらったが、ヘルシンキから車でわずか一時間ほどの近郊なのに、もう完全に大平原の中といった趣があり、唐檜《とうひ》と白樺《しらかば》に囲まれた家の裏手には、苔むした岩盤からナナカマドの若木が育ち、ウワミズザクラの花が咲きみだれていた。カイは木を伐って薪《まき》をこしらえ、その薪でサウナ風呂をたてる。入浴のとき体をたたくために彼が切りとってきた一抱えの白樺の若枝の香りを嗅《か》いでいると、なるほど、こうした北国の自然のなかなればこそ、カイのような、森の精の風格のある人物が育つのだな、とうなずけるのであった。

フィヨルドの国にて

一昨年の夏、フィンランドで催された世界作家会議に出たあと、一人でノルウェイに行ってみた。フィヨルドというものが見たかったのである。

フィヨルドと、発音してみるだけで何となく北海のさむざむとした風景が心に浮ぶのだったが、具体的には何の知識もなく、ただ海岸線がギザギザと入りこんでいるのだろう、くらいに思っていた。

夏至の翌日、ヘルシンキからノルウェイの海辺の町ベルゲンへと飛んだが、機内で隣り合わせた婦人がベルゲンの住人で、何かと世間話をするうちに、親切にも彼女の家に遊びにいらっしゃい、ベルゲンの町を案内してあげましょうと、家の地図や電話番号を紙に書いてくれたのには感動した。行きずりの異国の人間に、私ならこんな心やさしいことばを口にすることはできないだろう。一人でぶらぶらするのが好きなたちなので、結局彼女の家を訪れることはしなかったけれども、育ちのよさと純朴さとがしっくりと調和しているこの婦人に出会ったことは、ノルウェイ全体の印象をほのぼのと明るいものにしてくれた。

ベルゲンの町は、まさに、その婦人と同じような美点をもっていた。小ぢんまりと美しい港町で、落ちついた石畳が街路を蔽い、風致をそこなわぬよう神経の行きとどいた建物がゆったりと立ちならんでいる。つまり、十分に文明化しているのに、過熱した文明にはまだ災いされていない。見知らぬ町なのに、歩きまわっても東京を歩くときのような神経疲労をおぼえないのである。

私の泊ったホテルから一分も歩けば、もう漁船がもやってある入江の魚河岸《うおがし》に出られる。そこはちょっとした広場になっていて、毎朝花市が立ち、観光客相手のみやげものの市も立つ。巨大なスモーク・サーモンを丸ごとならべ、大きな包丁を無造作に扱いながら、目方で切り売りしたりしている。

あくる朝、鉄道の駅でフィヨルド周遊券を買い、電車に乗ると、案に相違して山奥へ向って走りつづけ、まるで登山電車のようなので少々おどろいた。しかもその間ずっと水量ゆたかな河のほとりを走っているのである。

電車のなかに巨大な犬を連れこんでいる人がいて、ラブラドールをひとまわり大きくしたような、毛足の長い犬が、どってりと通路にねそべっている。通る人たちは事もなげにその犬をまたいでいくのである。私は犬のそばに席を移し、大らかなノルウェイの犬とお近づきになる光栄をもった。犬の方も、ひっくりかえって背を床にこすりつけ、四肢を上向きにひろげるという犬独特の表敬のポーズをとってくれた。

大西洋岸からどんどん遠ざかりながらかなりの時間走って、ひなびた山峡の駅に着くと、その下にひろがっている湖がフィヨルドのひとつの行きどまりの入江であり、その小さな港から船に乗った。これからが、いよいよフィヨルドの旅、と思ったが、じつは登山電車に乗った時点でフィヨルド観光ははじまっていて、車窓からずっと眺めつづけた「河」はフィヨルドそのものなのであった。

フィヨルドの両岸はどこも水辺から切り立った崖や急斜面の草地になっていて、ところどころリンゴの樹の白い花が、盛りは過ぎたがまだ散り果てずに残っているのが見られる。そしていたるところにほそ長い滝。それも山の中腹から流れ出しているのではなく、船から見上げればまるで天の一画から、天路にそって山頂に流れついた水が、そのまま岩づたいに落下しているように見えた。切り立った山の斜面を、ほとんど垂直に流れ落ちる滝。孤独な長距離走者のように、ほそく、長く、白く、ひた走りに駆けおりる水。それはこれまでに見たどんな滝とも似ていなかった。

船が進むにつれ、滝は次々とあらわれるけれど、互いに何のかかわりもないといった表情で、それぞれが自分の山上から青黒い海面へと、この北の果の国で、おそらく太古の昔から、しらじらと、たったひとりで落下しつづけているらしかった。

私はたびたび川や水の夢をみることがあるけれども、このフィヨルドのような風景は未だかつて夢で見たことがない。しかし今、私が現に見ているこの風景は、現実よりもむしろ夢に見るにふさわしい気がした。いや、いっそ死後の風景に近いような気さえした。

夏でも弱い北国の陽光、それは深夜までほぼ同じ明るさを保ち、わずかに真夜中の一、二時間だけが闇に蔽われる。まことにこの世のものならぬ、淡いふしぎな光の遍満する白夜の世界。ほそく深く枝分れする入海は、冥界にこそふさわしい水の迷宮であろう……

ぼんやりと物思いにふける私の耳に、やがて遠い軍楽の音がひびいてきた。見れば行く手の入江の船着場に、山村の子供の楽隊が、にぎやかな吹奏楽で船を出迎えてくれているのである。幼いバトンガールを先立てた、おもちゃの楽隊のような子供たち。思いがけぬその光景を目にしたとき、私は一つの夢がさめてまた別の夢のなかに迷いこんだ心地がしていた。

III

坂のある町

山と海とにはさまれて、神戸は坂の町である。風もここでは水平に吹かない。山の上、雲の切れ間から吹きおろしてくる。いわゆる六甲おろし。帽子は飛びやすく、マフラーはへんぽんと首のまわりにひるがえる。

傾いた町であるから、ボール遊びの子供はよくよく注意しなければならない。一たん取り落したが最後、後を追いかけてもムダである。ボールはころがるほどに加速度がつき、猛スピードで赤信号を突切り、さらに坂下へと遠ざかるからだ。

あるいはこんなこともある。

山の手に住んでいる夫人が、テラスで紅いセーターを編んでいるとする。そこに子猫がきて毛糸の玉をころがす。玉はテラスからゆるやかに傾斜した芝生に落ちる。斜面を南へ南へ。紅い玉は長い長い毛糸の尾を曳きながら、ミッション・スクールの校門の前を過ぎ、教会の塀にそってころがりつづける。紅い玉は最後にポトンと海におっこちる。もしくは、それまでにすべての糸を繰り出し尽くして、自然消滅してしまう。

それというのも、長年この町に暮らしていながら、神戸という町は、生身の人間が汗水垂らして生活している町、というよりは、なにやら非現実的な、メルヘンの町、「魔法にかけられた都市」という感じがするのだ。

山の麓から海岸まで、遠目には積み木のような建物がびっしりと地肌を覆っているが、或る朝それらが斜面を這いのぼって中腹まで達したかと思うと、一夜の豪雨に積み木は土砂と共にずり落ちる（これは全くの出鱈目でもない。六十年前の山津波による神戸大水害では、ほぼこれに似た大惨事が起こった）。

南北にはしる道はすべて坂道であり、それが少し歪んでいたり湾曲していたりすれば、忽ちほどけかかった螺旋となって、未知の方向へと人を誘う。誘われるままぶらぶら歩いて、急坂の岐れ道にそそり立つ中世の城砦のような石垣に出合ったり、古い洋館の裏手に孟宗竹の藪を見つけたりするのは、興味尽きないプロムナードといえよう。

ところで、新幹線の新神戸駅に初めて降り立った人は、この大都会の中枢の駅が、田舎駅のように山ふところに抱かれているのに目を丸くするにちがいない。そして山を見上げ、港を見おろして、この坂の町全体にかけられた明るい魔法の雰囲気を感じとるにちがいない。

というのはこの町全体が海に向かって開かれていて、南向きの斜面であるだけに日当たりがよく、植物ばかりか建物もここでは成育が早い。海と陸との境界は櫛の歯状の突堤で仕切られているが、そこには一夜にして塔が立ち、またそのあくる日にはホテルとデパートが立ちあがる。いや、港の波間にはある日忽然として、島が出現しさえするのだ。

　ポートアイランドと呼ばれるその島が何年がかりで出来たか知らないが、私にしてみれば、或る日気がついてみればそこに島があった、というわけで、まるで魔法としか思えないのだ。

　そしてその島が出来上がったとき、ポートピアというお祭りがあった。超モダンなパビリオンが建ちならび、日本国中から人がおしよせた。そしてそれもつかの間、すぐ跡かたもなく消え失せた。いくつものパビリオンが、宮祭りの露店のように跡かたもなく。

　海市《かいし》ということばがある。蜃気楼のことだが、ポートピアという神戸の港の祭りは、まさに海市だった。海の市《いち》だった。海の棚に、果物、魚、宝石、活きた人形をならべ、電気仕掛の幻燈を回して賑賑《にぎにぎ》しく海の市が立ち、そしてさっと消え失せた。

　それからしばらくして、ポートアイランドの東の海面に、もうひとつの島がせり出した。名づけて六甲アイランド。神戸市は島を造るのが好きなのだ。まるで日本の昔語りの神々のように。

　新神戸駅から、港と島を見晴らしながら、西の方へ歩いていくと、すぐに有名な北野町に出る。異人館の点在するこの界隈は、あまりにも地の利がよくて、観光名所にならないわけにいかない。

「風見鶏の館」だの「鱗の家」だの、すでに紹介され尽くした明治初年頃の外国人居館、つまり異人館については今さら何も言うまい。百年以上を経て、ほとんどミニ博物館のように大切にされているが、かつては北野町といえば異人館だらけであったろう。要するに開国して外人が神戸に入ってきて、初めて住みついた場所なのだ。根っからバタくさいのは当然である。しゃれたブティックはいやでも目につくが、とびきりのレストランが目立たぬところに優雅なたたずまいを見せているのも心にくい。

私は東京の西郊・荻窪で育ったが、半世紀も昔の荻窪はまだ武蔵野の面影を残す田舎だった。結婚して神戸に住むようになってから、神戸ってハイカラな町だなあ、と東京の田舎者は目をむいたのである。

私の家は摩耶山《まやさん》のふもとにあり、すぐ近くにカナディアン・アカデミーという外人子弟のための学校（小・中・高校）があった（あった、と過去形で記すのは、二年ほど前に、戦前からの由緒あるこの学校が、波間から出現したばかりの六甲アイランドに移転してしまったからである）。

神戸に移り住んで初めての年の晩秋、とある夕暮れのことだ。門前でガヤガヤさわぐ外人の子供たちの声がして、出てみるといずれも奇怪な仮面をかぶったチビッ子たちが、口々に、trick or treat!《トリック・オア・トリート》と叫んでいる。私がキョトンとしていると、英語が通じないと見てとったか、「オカシ、オカシクダサイ」とやや年かさの子が袋をつき出した。「いったい何なの」とたずねるとハロウィーンだという。はて、ハロウィーンとは何ぞや。初耳だと思い、あとで辞書を引いてやっと納得したが、その時は首をかしげながら、ともかくもありあわせのキャンディーを二つかみほど献上してお引き取り願った。

これは荻窪の田舎者にとって、ちょっとしたカルチャーショックだった。何しろ一九五〇年代の後半のことで、ハロウィーンなどという祭りのことはまだほとんど誰も知らなかったのだ。毎秋、この金髪の異形の子供たちの訪問がくりかえされ、すっかり私も慣れてしまって、みかんや菓子を用意して心待ちにするようになったが、カナディアン・アカデミーが移転してからは、もうあの trick or treat!(もてなさないと、わるさするぞ)の叫びを耳にすることもなくなってしまった。

ラブホテルの利用法

土地建物を不動産と呼びならわし、大地は動かぬものの代表であったが、大震災は私たちに「驚天動地」の体験をさせてくれた。神戸市灘区に住みながら家が倒壊しなかったのは幸運というべきで、室内が手のつけられぬ混乱状態になった、などは当たり前のことで話題にもならない。花瓶やグラスや書物など、いわゆる「静物」たちが、あの一月十七日の早暁、一斉に踊り狂い、ぶつかり合い、墜落し、自滅したのだった。しかしそのとき跳びはねていたはずの物たちの中には、たとえばわが家の床の間の大花瓶などは、事が終ってみれば元の位置にでんと鎮座しており、いかにも「静物」然としてあの狂騒など無関係という顔つきなのである。

こうした体験は一種の悪夢に似ているが、夢特有の没常識な可笑《おか》しさに欠けていない。日常と非日常、現実と非現実とが、何の脈絡もなく斑らにつぎはぎされた世界に、今私たちは住んでいる。

六甲山麓のわが家から遠からぬところに、ちょっと人目を惹く喫茶店がある。東西に延びた大通りに面して、かれこれ十年ほど前に建てられたものだが、向かって右の方へ三十度近く建物が傾いている。とはいっても中に入ってしまえば、床は水平、柱は垂直、どうということもない普通の喫茶室なのだが、外見はぐらりと傾いた奇妙な格好で、その前を通る人々をニヤリとさせるのだった。

だった、と過去形にしたのは、一月十七日以来、この喫茶店が全く目立たなくなってしまったからである。地震で倒壊したわけではない、無事に残っているのだけれども、周辺の家々やマンションがあまりにもたくさん潰れたり傾いたりしているので、何の被害も受けずにちゃんと立っている建物の方が目に立つありさまなのだ。三十度はおろか四十度五十度と傾いて、がくんと膝をついたように倒れ伏し、歩道いちめんを屋根で覆ってしまった家。ばらばらに壊れて原形をとどめぬ残骸が、歩道ばかりか車道にまではみ出している家。そして倒れかけた商店を受けとめ、大枝を折られながら太い幹で支えている街路樹。

鉄筋のマンションや貸ビルも、二、三階あたりが押し潰されてちょうど腰を折られた姿になり、前のめりになった鉛筆型のノッポビルなどの危かしさはピサの斜塔どころの話ではない。

このように異常が尋常と化した空間では、例の傾いた喫茶店などは少しも異色のものではなくなってしまった。本当の崩壊とちがって迫力に欠ける分だけ間が抜けて、かえってひどく場ちがいなのである。

蛇口をひねっても水が出ず、ガスも来なくなって以来、生活も価値観も劇的に変化した。ロイヤルダルトンのディナーセットがこわれても生活に支障を来さないが、水と火がなくては生きられない。

どの家庭でも、給水車を待ちかねて水をもらい、(それも最初は一人当り一リットル)それぞれの家へ運ぶのが最も重要な仕事になった。水の重みを知ったことが、今回私たちの得た最大の教訓ではなかろうか。

腰を痛めながら毎日重いバケツやポリタンクの水を運んで生活用水を補給し、電子レンジやトースターで曲がりなりにも食事をこしらえても、ガスが出なければ風呂に入れない。文明的な都市生活のおかげで、今さら薪で風呂を立てるわけにいかないのだ。皮肉なことに、倒壊家屋一軒分の残骸だけでも昔ならずいぶん何回も風呂がわかせたであろうが。そういうわけで、なんとか食事のメドが立つと、次は、どこで風呂に入《はい》れるかが最大の関心事になる。震災後十日もすれば、無事に残った数少ない銭湯が一日数時間だけ営業するようになったが、長い行列ができて入浴まで一時間二時間とこの寒空に立って待たねばならない。洗面器を抱えた小肥りのおばさんが剽軽《ひょうきん》な口調でこぼしていた。――何をするにも行列やな。水もらうのも行列、パン買うのも行列、役所で罹災証明もらうのも行列。これでは風呂に入るまでに風邪ひいてしまうわな。

大阪まで行けば全くふつうの世の中で、レストランで食事も思いのまま、むろん風呂もサウナも入れると分っているが、何しろ鉄道がすべて寸断されて、六甲近辺から大阪まで出るのに、日頃新幹線で東京へ行くのと同じくらい時間がかかり、しかも大層な労力を要する。じつは私についていえば、目下のところ入浴はもっぱら有馬温泉が頼りである。わが家の裏山である六甲山を越えると有馬へ道が通じていて、車で行けば――渋滞さえなければ――さして時間がかからない。しかも有料道路は無人でフリーパスである。有馬温泉の旅館群も地震で多少の被害を受け、営業を停止しているところも多いが、何といっても神戸市内とはわけがちがう。こうした非常の際なので、何軒かの高級ホテルが被災者のために浴室を開放し、時間を限って臨時の銭湯をやってくれているのである。

被災後はじめて有馬へ行き、褐色の湯に身を沈めたときの心地よさ、ほっとするくつろぎの感覚は忘れられない。入浴の順番を待つにしても、暖房の利いたロビーでゆったりとコーヒーをすすり、庭園の寒椿を眺めながら待つのであるから、少しも苦にならない。ばかばかしく聞こえるかもしれないが、トイレに入って水洗の水が流れることにすら感動したりしている。

二度目に有馬へ行ったときのことである。六甲山トンネルをぬけてしばらく行ったあたりの山中の道路わきに、すこぶる場ちがいなラブホテルが二、三軒立ちならんでいるところがあるのだが、見るからにそれらしき造りのホテルから、ぞろぞろと親子連れの客が出てきた。十歳くらいを頭によちよち歩きの幼児まで、子供三人をひきつれた夫婦が湯上りの上機嫌で子供らに声をかけながら白い乗用車のドアをあけるところまで、バックミラーで確認した。有馬へ行くよりは近くて手軽だろうし、ラブホテルも意外な利用法があるものである。

「ましてや爺さん」の思想

不幸とか不運とかいうものにもさまざまの度合いがあり、色合いがある。

この度の震災について自分自身を例にとって考えてみるならば、震災を体験した人々のなかでは私はかなり運がよかった方であろう。倒壊家屋と死者の多い神戸市灘区の住民であるにもかかわらず、およそ一キロの幅で東西に走ったあの禍《わざわい》の帯からわずか三百メートルほど北にそれていたおかげで、単純な木造の拙宅がほとんど無疵《むきず》で残った。六甲山麓にあって、花崗岩の岩盤に支えられたためかもしれないが、ともかくわずかな距離にへだてられたために、堅牢な鉄筋のビルさえ崩壊するあの惨禍をまぬがれたと思えば、当分ガス水道なしの生活も不服をいう気にはならない。JRも阪急も阪神も、頼りとする鉄道がすべて不通となって陸の孤島となり、大阪へ出るのに三時間かかる不便さも、亡くなった人々や家を失った人々のことを思えば何ほどのことでもない。

——こう書いているうちにふっと想い出したのは、子供のころ読んだ「ましてや爺《じい》さん」という昔話である。ころんでも「ましてや」といい、俄《にわ》か雨に逢ってびしょぬれになっても「ましてや」と落ちついている。人にそしられても「ましてや」、ほめられても「ましてや」。わけを問われると、「ころんだだけでよかった、ましてや怪我《けが》もしないでありがたい。反対に、めでたいことがあったり、ほめられたりしたときには、世の中にはもっともっと上がある、ましてや、と口にすれば驕《おご》りたかぶる気になりませんと」と。これを伝えきいた殿様は、賢い老人じゃ、と大層お賞《ほ》めになった。そんな他愛もない話である。

要するに、何事にもあれ常にそれ以上あるいはそれ以下の事態ないし存在がありうる、という意味で「ましてや」と唱えていたわけで、これなどは素朴ながら一種の中庸の徳をそなえた老人ということができる。いわば自分が——そして自分の運が——最上でも最低でもなく、中くらいのものだと意識することで、自分の「分《ぶん》」をわきまえようという心掛けであろう。分をわきまえる、などというと実に古くさい印象を与え、たしかに精神の姿勢によっては退《たい》嬰《えい》的な思考につながりかねない。けれども、しかし宗教的な意味で身のほどを知ることは、大昔からの人間の深い知恵であった。

古代ギリシア人は、ソクラテスの教えでよく知られているように「汝自身を知れ」を自戒の句としたが、これはデルポイのアポロン神殿に刻まれた銘文であり、これと対《つい》をなす神の戒めが「度を過ごすなかれ」であった。神ならぬ人間の身のほどを知って過度をつつしみ、中庸の徳を守ること、これはギリシア人の道徳の核心であったといってもよい。

中庸といえば私たちはまず儒教を連想し、「ギリシア人の中庸の徳」などといってもピンとこない向きも多いと思う。周知のようにギリシア人は知的活動の人一倍さかんな民族であり、能力抜群であるがゆえにややもすれば「度を過ごす」ことの多い人々であった。そうした傾向が強いからこそ中庸の美徳をかかげて、何事においても過度にわたることを戒めたのである。ちなみにアリストテレスの『ニコマコス倫理学』の中心主題も、一言で要約すれば中庸の徳である。

神々は嫉妬ぶかい。人間は能力にすぐれ、富強であればあるほど驕りたかぶって、人間の分際を忘れ、つい度を過ごすことになる。そうした人間の思い上がり《ヒュブリス》は必ず神に罰せられた。ヘロドトスの『歴史』によれば、史上空前の大軍を率いてギリシアに進攻したペルシア王クセルクセスは、ヘレスポントス海峡に橋を架けようとして失敗し、怒って海を鞭打たせた。この驕慢《きようまん》を戒めて王の叔父アルタバノスはこう言った。——神は常に、最も高層なる建物や、最も高い樹木に雷霆《らいてい》を投じられます、と。

これはペルシア人の言であるが、むろんギリシア人ヘロドトス自身の考えを代弁している。こうした思想はイスラエル人の旧約聖書にも共通していて、例のバベルの塔の寓話はその典型といってもよい。天に達する巨塔を造ろうとする人間の思い上がり《ヒュブリス》は神の怒りを招かずにはいなかった。

この度の大地震で、一瞬にして人々の街を薙《な》ぎ倒し、巨大なビルを破壊し、高速道路を破断し倒壊させる凄《すさ》まじい大自然の威力を目のあたりにして、つくづく人間の無力を痛感し、近代文明の思い上がり《ヒユブリス》に思いを致した人は少なくないはずである。

人間は大地の子であり大自然の一部にすぎないのに、あたかも大自然の支配者であるかのようにふるまってきた。人間の街をしばし栄えさせるために、森を伐採して大地から緑を剝《は》ぎとり、鳥獣から棲家《すみか》を奪ってきた。水源を枯渇させ、かつて緑豊かであった大地を次々と不毛の砂漠に変えてきた。私の身近で起こった小さい例を一つだけあげよう。新幹線のトンネルを掘ったとき、六甲山系の地下水脈の多くが断たれた。名高い灘の「宮水」の井戸がいくつも枯れ、拙宅のすぐ近くの水量ゆたかな湧き水も、新幹線開通と相前後して一滴も出なくなった。

こうした自然破壊と地震とは何の因果関係もない、と科学者は言うかもしれない。しかし、人間の度重なる越権行為によって、大地は傷つき、病み、その忍耐はすでに限度に達している。古代人なら言うであろう。あの激震は、人間の思い上がり《ヒユブリス》に耐えかねた大地が激怒して身を震わせたのだ、と。

ちなみに、今回の災禍を的確に予知して安全地帯へ難を避けたのは、各地で観察されたように、海の魚たち、空の鳥たちだったのである。ましてや、人間たちは？

IV

けだものの声

気分が晴れないとき、ふと動物園をのぞいてみることがある。その日も、新緑の風さわやかな季節なのに、頭が重くうっとうしくて、人間よりも獣の顔が見たかったのだ。

子供のころから動物は好きだった。今ではほとんど、敬愛しているといってよい。虎、ライオン、豹など、猫族の猛獣のみごとな容姿にくらべれば、裸の人間がなんと貧弱に見えることだろう。これほどめざましい美貌の獣でなくても、すべて動物にはそれぞれ自然の優雅さや威厳がそなわっていて、私に、おそらく古代人が抱いたであろうような、動物への畏敬の念を起こさせる。

古代エジプトの神々が動物の頭をもっていたのはよく知られている。鷹の頭をもつ神や牛の姿をしたエジプトの神々を、啓蒙されたギリシア人たちは物笑いの種にしたけれども、ギリシアのあのもっとも人間的な神々でさえ、素姓をただせば牛であったり馬であったりした形跡があるのだ。
さて、古代の神々の末裔たちは、この日、動物園の檻のなかで、所在なげにうろうろしたり、出口のない時間をもてあまして昼寝したりしていた。私は東アフリカの大自然のなかで、優雅に散歩するキリンや、圧倒的に巨大な角で飾られた、神々しい水牛の額に出あったことがある。サバンナの野獣たちはどれも自由で美しく、気がついてみると、もっとも品位に欠けた動物は、車からこわごわ頭を突き出して野獣を見物している私たち人間なのであった。

いま、動物園で顔を合わせる獣たちは、人間社会のなかにとりことなり、本来の威厳を多かれ少なかれ失っているために、その分だけ人間に近い存在になっているように見える。

人間だってむかしはもっと動物的な威厳をもっていたはずだが、コンクリートで大地を窒息させ、時間を秒刻みに寸断して、なんともせせこましくあさはかな動物になりさがってしまった。

そんな動物のひとりである私が、妙な親近感を抱いて、自由を奪われた動物たちと対面している。いま、私が眺めているのは河馬《かば》である。正確にいうと、河馬の背中である。さっきから、暗礁のようなばかでかい背中を水からつき出して、あとは全身濁った水にもぐったまま、死んでいるのかと思うくらい長い間じっと動かない。いくら肺活量が大きいといっても、これではさぞかし苦しかろうと、こっちがしきりに気をもんでいるのに、河馬は悠然ともぐりっぱなしである。気づかうのもばからしくなってそろそろあきれ返る時分に、やっと鼻面を水面からつき出して、ブウウウと傍若無人な偉大な鼻息をひとつ吹き出し、それからまたすぐ水に沈んでしまった。

かなり長い間河馬のつきあいをして立っていたが、数分ごと（この数分はほとんど永遠に近かった）に一息つくために顔を出す以外はずっと水に沈んだまま身じろぎもしない。スケールの大きなこの野獣の体内では、時間は人間のそれよりもはるかにゆるやかに流れているのだろう。動物のふるまいは単純に見えながら時に人間の思慮を超えるところがあり、そこが神秘と神性とを感じさせるのかもしれない。長時間ひたすらじっと水にもぐって、《何を考えているんだか分からない》どすぐろい河馬の背中は、まさに漱石のいう《偉大なる暗闇》を連想させるものだ……。

私はすでに歩き出していたが、あまりに大きな河馬の背に視野をおおわれたかのように、あたりの動物が網膜に映っていなかったらしい。とつぜん、ギャーともザーともつかぬ奇妙な叫び声が耳に入って、私は自分が類人猿の獣舎の近くにいるのに気がついた。その叫びは、チンパンジーが、鉄格子ごしにいたずらしたらしい隣のマントヒヒの仔を威嚇している声であった。鉄格子をゆさぶったり、たたいたりしながら、発達しきらない重たい声帯をふるわせ、のどの奥から吐き出すような声以前の声で、もどかしげになにかどなりつづけている。その怒声はやがて、ヒヒの小せがれに対する憤慨というより、思うように発声も表現もできない自分自身に対する怒りに変わったかのようで、大げさにいえばロゴスを求めてあがいているカオスの苦しみそのもののように感じられ、聞く度に胸がしめつけられる思いがした。

源実朝の「ものいはぬ　よものけだものすらだにも…」という歌の心を、このときはじめて十分に解しえたと思った。この歌のポイントは「ものいはぬ」にあるのだ、と。これがなければ「あはれなるかなや親の子をおもふ」という効果的な字余りをもつ下の句が生きてこないのである。親の子をおもふ—つまりかなり高等な知情意の働きをもつ動物は、思うことができる。しかし彼らはものいはぬのである。思ったことが思うようにいえないのである。人間にごく近い段階まで進みながら、いまだ分節言語をもたず、もう一息というところでロゴスに手のとどきかねているチンパンジーの、この異様に執拗な咆哮は、そのもどかしさを天地に向かってうったえる悲鳴ともきこえた。

犬の勲章

ゴローは音楽家である。パトカーや消防車のサイレンをきくと、いたく歌ごころをそそられるとみえ、鼻面を天にむけ、のどを垂直にそらせて、ヒョオーオーと息長く詠唱する。哀感を帯びた短調で、なかなかいい音感だから、根気よく仕込めば、ゆるやかなアリアのひとふしくらい歌うのではないかという気がする。

もっとも、彼が歌うのはパトカーに共鳴するときばかりでない。夜中に、何のいわれもなく（と人間には思えるが）もの悲しげに歌い出すことがある。いわゆる遠吠え、萩原朔太郎のいう「月に吠える」のたぐいだろうか。生存それ自体が悲哀である、と訴えているような、鎖につながれたゴローの声が闇になりひびくと、遠くから同じ想いの犬が吠え返すこともあって、そんな夜は人間も眼が冴えてくるのである。

近頃つれづれに読んだ「遠野物語」にこんな一節があった。

山口の村に近き二つ石山は岩山なり。ある雨の日、小学校より帰る子どもこの山を見るに、処々の岩の上に御犬うづくまりてあり。やがて首を下より押し上ぐるやうにしてかはるがはる吠えたり。（中略）御犬のうなる声ほど物凄く恐ろしきものはなし。

御犬とは狼（オオカミ）のことだという。柳田国男が遠野の昔話をあつめた頃には、まだ狼が里近くあらわれたのだろうか。「首を下より押し上ぐるやうにして」とはじつに素朴でいい表現である。鼻面を天に向け、心にわだかまる情念をはらわたの奥から押し上げるように遠吠える狼の絶唱は、ものがなしいどころかたしかにものすさまじいものにちがいない。人に飼われている犬の遠吠えはもちろんそれほどの迫力はないけれども、やはり原型には狼の吠え声があり、生きもののの本能の「飢え」を感じさせる。一種根元的な音楽というべきであろう。

ところで、私の敬愛するドイツ語の老教授O氏の飼い犬もやはりゴローという名だが、うちのゴローより大分格が上だとみえて、先般、市から勲章を贈られた。

——わたしあてに立派な賞状と勲章を送ってきてね。貴家のゴロー殿は優秀なる犬であるにつき、とか何とか書いてあって。

——へえ、どんな風に優秀なんですか。警察犬？　人命救助でも？

O氏は温厚な顔をほころばせて、

——いや、子供が小さいときひろってきた犬でね。雑種なんだがむやみに図体が大きくて。それに長生きですよ。もう十歳以上になる。考えられることといったらそのくらいですなあ。

——まさか敬老勲章じゃないでしょうね。

——おそらく獣医がすいせんしたんですよ。うちのゴローはしょっちゅう医者にかかって、いいお得意さんだからねえ。

まるで、O氏の住むA市では、図体の大きな、よく病気をする老犬に勲章を与えるかのようにきこえる。それもちゃんと首からつるすように赤い綬《じゅ》のついた、立派な勲章だそうで、

——うちでは犬しか勲章をもらえそうな奴はいないから、この頃、少し犬を尊敬してるんで

す。

Ｏ氏は図体が大きいしかとりえがないようなことを言っておられるが、少なくとも獣医がすいせんするくらいだから、容姿体型の立派な、賢い犬なのであろう。威風堂々たるゴロー君が首に勲章をぶらさげたところをぜひ見たいものだと思う。

それにしても市が犬に勲章を与えるとはなかなか愉快な話ではあるまいか。人間が人間に授ける勲章というのは、何となくいやみなものだけれども、犬に授けるとはしゃれている。犬は邪気がなくて人を裏切らないから、巨額の袖の下を紳士的にとりこんでいるどこかの偉い人たちよりは、はるかに勲章に値するだろう。Ａ市の首長はことのほかユーモアを解する人にちがいない。あるいはたいへん皮肉な人なのかもしれない。ことによると神戸市にもそんな制度があるのかもしれないが、もしあるとすれば、そのうちわが家にも、

「貴家のゴロー殿は優秀なる歌い手であるにつき……」

という賞状と勲章とが舞いこむのではなかろうか。もっともうちのゴローは、不幸にしてめったに病気をしないので、獣医さんになじみがうすく、その隠れたる才能を認識してもらえる機会がないのだが。

横目で見る犬

さも用ありげに、ビニール袋を片手に、庭に下り立つ。犬がどてんとねころんで見ている。次に地面をじろりと睨《ね》めまわし、落ちている小枝などを適当な長さに折って箸とし、犬の糞をひろってまわる。

場所をきめておいてくれるといいのに、毎日気の向いたところに落し物をするので、その都度探しまわらなければならない。

そんな私を、犬は横目で見ている。そして多分こんなことを考えている。

――人間って余計なことをするものだよ。放っておけばそのうち雨で溶けてしまうし、今みたいに暑い季節なら、地虫たちが食いあさってあらかた片付けてくれる。なぜそれまで待つことができないのかなあ。

その通りなのですワン君。人間は「自然に任せる」ということのできない困った動物なのです。

やがて、よそいきに着かえて、さも忙しげに門を出ていく私を犬は見送っている。

――なんだか知らないが、どうせ大した用でもなかろうに、忙しそうに門を出たり入ったり。そのくせ「愛犬」は、門の中に閉じこめっぱなし。

庭に放してあるのだから、庭を走りまわって運動すればいいでしょ、と私は言いたいのだが、どっこい、そうはいかない。囚人が刑務所の庭で運動するように、犬が庭でせっせと運動にはげむことなんかありえないのである。大体、はげむという精神が人間特有の病気なのである。犬がそりを引いたり、競馬で馬が死に物狂いに走るのは、あれは人間がそうさせているだけで、かれらを放っておいたら決して自発的にはげむというような事態は起こらない。

一般に、動物は必要最小限にしか動かない。

サバンナのライオンは、えものを追って疾駆するが、えものを獲得したら、あとはひたすら食べて寝るのみ。大変な運動量ではあるが、それでも生きるための必要最小限の運動なのだ。豹とチーターにせよ、うさぎとカメにせよ退屈しのぎにどっちが速いか競争しようなどという気は決して起こさないであろう。野生動物が走るのは、追うときか、逃げるときか、どっちかだ。いずれにせよ、命をかけて走るのだ。

飼われている犬は、えものを追う必要がなく、したがって運動する必要性を失っている。たまに庭で鳩などつかまえたりするが、これは一種のスポーツにすぎない。

スポーツとしてしか体を動かさない、という点で、犬はいくぶん都会の人間に似てきている。人間も原始時代には、必要最小限にしか動かなかったと思う。南の楽園ならいざ知らず、寒くきびしい風土では、生きていくために必要最小限に動くだけで精力をつかい果たし、あとは疲れきって寝ることが多かったであろう。

しかしそんな原始生活のなかでも、人間には何かしら、必要以上のこと、あるいは必要以外のことをしたがる性癖があって、その衝動が文明をここまで推しすすめてきた。

しかしヒト科以外のあらゆる動物に共通の見地からすれば、人間がこれまであくせくと働き、考え、築きあげてきたことは全部ムダなことなのである。ムダどころか、地上のあらゆる生物に対して、ずいぶんひどいことばかりしてきたのである。

他の生物から人類をこれほどまでにひきはなし、偉大でハタ迷惑な文明を築かせたもの、それが人間の知恵であるというならば、創世記のあの楽園のイヴの物語はまことに意味ふかいといわねばならない。禁断の木の実にイヴが手を出したことは、旧約の作者の意図といささかちがった文脈において、真に罪ふかい行為であった。知恵の木の実を食べることで、無邪気で素朴な、獣なみの自然状態から脱する、これが生物としての原罪でなくて何であろうか。人間は知恵と同時に罪を背負いこんだのである。

人喰虎が人を食うのは罪ではない。しかし美しい毛皮を剝ぐために人が虎を殺すのは罪である。犬が人に咬みつくのは罪でないが、人が犬を虐待すればこれはあきらかに罪である。

というわけで人間は否応なしに他のあらゆる生物に対して負い目をもつ存在なのである。人が犬や猫をかわいがるのは、そうした負い目を幾分なりとも軽くするためかもしれない。

私の犬はそんな私の気持をすっかり見抜いていて、庭にどてんとねそべったまま、私がおせっかいにも彼の毛をかきわけて、背中に栄えつつある「蚤の市」を滅ぼすのを大目にみてくれているのである。

仔犬のいる風景

この夏、飼犬のゴローがフィラリアで死んだ。

私の家のように庭が草ぼうぼうとして「草深い」住居だと、どうしても藪蚊が多く、庭で飼っている犬は蚊にさされ放題、したがって、蚊の媒介する寄生虫フィラリアは、ほとんど必然の運命のように犬の体内に巣くうことになる。

体力があるうちは時々咳をするくらいで病気とも見えないが、夏の暑さで食欲減退し、弱ったところに風邪をひいたのがひきがねとなって、どっと病状が悪化した。最後の一週間は牛乳すら飲めなくなり、かろうじて水だけ飲む、という状態で、栄養注射で力をつけようとしたが、所詮回復の見込みはなかった。

かわいそうなことをした、と、空っぽの犬小屋を見ては家中さびしがっていた。なかでも夫は、ひと月ほど前から、ひまさえあればデパートの犬売場やペットショップをのぞいてあるいている様子だったが、とうとう数日前、犬屋で柴犬の仔を買ってきた。

生きものは死ぬからかわいそう、といって飼おうとしない人があるけれども、本当の犬好き猫好きになると、死んでも死んでも性こりなく飼いたがるものらしい。今年の六月頃の日本経済新聞の文芸欄で、歌人の佐々木幸綱氏が中年女性の投稿について書いておられる中で、こんな短歌が引用されていた。

愛し来し猫のため泣きつつわが庭に百五十六番目の墓を掘りたり

この歌は没にして選には入れなかったが、あまりに印象が強烈だったので暗《そら》でおぼえている、というような意味のことを佐々木氏は述べておられた。

たしかに百五十六番目の墓とはおそろしい数字である。庭じゅう猫の墓だらけ。にゃんとも気味のわるい話だが、しかしこの女性にしてみれば、いとおしんだ猫を火葬場に送るにしのびず、自分の庭にほうむってやりたいのであろう。

百五十六匹もの猫をかわいがって育て、それだけの数の猫の死を見送った女性。彼女は泣きながら庭を掘って猫の屍骸を埋め、そしてまた性こりもなく別の猫を飼いつづけるのだろう。

犬や猫は寿命が短いから、その一生は私たちのずっとあとからはじまっても、ずっと先に終る。夏に死んだゴローは、うちの娘が小学三年生のとき、よちよち歩きの仔犬だった。そして娘が高校に入った今年、八歳にならぬうちにはやばやと死んだのである。人間ならば五十歳余りということだろうか。犬の時間は迅速で、人間の持ち時間を足早に追いこして先に行ってしまう。いたいけな仔犬をふところに入れてかわいがるのも、立派に四肢の伸びた成犬を連れて裏山を散歩するのも、またあわれなその死をみとるのも、みな人間の生涯のなかの、心に残る折々の風景にちがいない。いくつかの犬の死を見送って、やがて自分自身の死を迎えるのだ。

ところで、私はこのところひどく忙しくて、しばらくは犬は飼うまいと思っていた。どうせ飼うなら小さいうちから育てたいし、幼犬は何かと世話の焼けるものだから、とても時間がない、と思っていた。そこへ、夫が柴犬の仔をうれしそうにかかえて――といいたいがじつは仔犬を入れたダンボール箱を車の助手席に積んで帰ってきたのである。

かわいいだろう、と見せられて、うん、かわいい、と同意したのが運のつきだった。それでも、牝だというので私はかなり抵抗した。

――雑種の仔なんか生んだら困るじゃないの。

――大丈夫、犬屋がいい牡を紹介して貸してくれるそうだ。

——それにしても生れた仔をみんな育てるわけにいかないでしょ。

——大丈夫、犬屋がちゃんとひきとるって。

——生ませてひきとらせるくらいなら、はじめから牡を飼う方が面倒がないのに。

——だって、仔が生れたらおもしろいじゃないか。小さいのが庭でころころしてさ。

——それじゃあなた世話しなさいよ。ずいぶん手間がかかるんだから。

——そりゃ、できるだけはするさ。でも昼間はいないからね。やっぱりあんたにやってもらわないと。


要するにこれが敵の本音なのだ。一たんうちに入れてしまえば、もう思う壺、ブッブッいいながらでも私が世話を焼くことになるのを見通して、自分は「仔犬のいる風景」をのんびり楽しもうという魂胆である。一頭の牡犬だけならば、一年もすれば大人になってそれっきりだが、牝ならば次々仔を生む。愛くるしい仔犬たちが庭でふざけまわる情景を予想して彼は悦に入っているが、私の方は次々生まれる仔が迅速な生涯を了えて、「百五十六番目の墓を掘りたり」というようなことにならないようにと、今から対策に頭を悩ましている。

犬のいない庭

子供のときからずっと犬を飼っていた。結婚してからも、いつも庭に犬の影があった。十年前に家を建て替えるまで、私の小さな書斎のすぐわきに犬小屋があって、読書に倦きて外に目をやると、犬がじっとこっちを見ていたりして、目と目が合うとニヤリとしたものだった。私だけではない、犬も、である。

――ゴロー、散歩に行こうか。

――行こう、行こう。

返事の代りにゴローは鼻を鳴らして精一杯シッポをふったものだった。

そのころ、こんな詩を書いたことがある。「犬の家」と題して――

人間そっくりの犬がいて

まるで人の表情　人のしぐさ
下手なピアノに首をかしげ
くしゃみして鼻をこするところまで

人間は犬小屋ほどの小部屋から
ガラス戸ひとつへだてて
そんな犬を日がな一日眺めている
（これでことばさえ話せたら……）

犬は人間を犬そっくりだと思う
まるで犬の表情　犬のしぐさ
あくびして床いっぱいに伸びをして
ねごとをうなるところまで

小部屋ほどの犬小屋から
ガラス戸ひとつへだてて
そんな人間を日がな一日眺めている

（これで首輪さえはめていたら……）

そのゴローもとうに死んだ。柴犬にシェパードの血がまじったような雑種だったが、もとはといえば私が保健所の捨犬収容所へ行って、獣医さんに選んでもらった仔犬で、成犬になるとキリッとしたなかなかの美男だった。犬の寿命は短いので、中年の女が抱えて帰った仔犬がみるみる飼主を追い越して、先へあの世へ駆け抜けていったのだ。

ゴローのあと間もなく柴犬の仔がやってきた。夫があちこちのペットショップをのぞき歩いて、とうとう我慢できずに買ってきたのである。酒や煙草と同じで、犬も飼い馴れると習慣性がつくものらしい。こんどは牝で、血統書によると美喜姫号という名前だった。

ミキはおっとりした品のいい犬で、ちょこんと前脚をそろえて坐ると、まるでお姫さまみたいだ、と夫はうれしがった。たしかに、当時おてんば盛りの中学生だったうちの娘よりも、よほどお姫さま然としていた。

そのころは、ゴローの命を縮めたフィラリアの予防薬も手に入るようになり、定期的に薬をのませて長生きさせることができた。ゴローは七歳の男盛りで死んだけれど、ミキは十六歳まで生き、晩年は耳もきこえず、足もとがよろよろしていた。人間でいえば八十歳以上だろうか。

以前は庭に放し飼いできなかったけれど、垣を整備してミキは庭に放しておいた。庭で走り廻っていれば毎日散歩に連れ出さなくても運動できる、と思ったのだが、この目算はみごとにはずれた。犬には、健康にいいから運動しよう、などという精神が欠けていて、人間が庭に出て相手をしてやらない限り、庭を走り廻ったりしない。

しかし、冬、芝生の枯れた庭で、枯芝と同じ色をした無精犬がどてんと日なたぼっこしているのはのどかな眺めであった。

枯芝は犬の座敷や大旦《おおあした》
今から四年前の戌年《いぬどし》の年賀状に私の書きそえた駄句である。

しかしそのミキも去年の初秋に死んだ。またしても私は、ずっと後からきた犬に追い抜かれて置き去りにされてしまった。これが最後の犬だ、と老境にさしかかった私たちは自分に言いきかせながら、もはや「犬の座敷」ではなくなったこの冬の枯芝の庭を、ガラス戸の中からぼんやり眺めている。

犬のことなど

ノミ狩り

私は動物が好きで、できることなら馬や牛や羊やリスや、要するに飼うことのできるさまざまな動物に囲まれて暮らしてみたいと夢みている。朝にはおおらかな牛の首をなでて、モー朝だね、とあいさつし、外出時には、さっそうと馬にまたがって、乗用車の列を見下したり、など。もちろん夢はあくまで夢にとどまっているので、実際には、小ぶりの柴犬を一頭飼っているにすぎない。

しかし、日本犬というのは犬の原種に近い素朴な体型をしているばかりでなく、およそ、あらゆる四足獣の最大公約数的な、標準的な体型と毛色をしているので、少しばかり想像力を働かせれば、庭で走ったり、寝そべったり、穴を掘ったりしている一頭の犬のなかに、さまざまな獣の相を見て楽しむことができる。キッと身がまえて獲物をうかがう犬は、その獲物が、たとえ一匹のカマキリであろうとも、鹿をねらうサバンナの猛獣を連想させるし、古靴とじゃれて遊ぶ姿はライオンの仔のようでもある。悪さをして叩かれる寸前に、サッと身をひるがえして逃げて行き、ココマデオイデ、と足ののろい人間を小馬鹿にする表情は狐そっくりである。追いまわしはじめると、すぐに鬼ごっこのゲームになり、庭中フウフウ走りまわるうちに、まず人間がダウンして芝生に座りこんでしまう。すると犬めも、オツカレデスカといいたげにそばに寄ってきて座る。これでゲームは終わりで、人間の方も当初の目的を果たす気はなくなっていて、犬はまんまと罰をまぬがれるというのがおきまりのパターンである。

さらに、犬と一緒に日なたぼっこをしながら、ノミをとってやるなどは、最高に優雅なひまつぶしといえよう。たかが犬のノミとりと馬鹿にしてはいけない。犬の肌を大地、毛皮を森に見立てれば、これも一種の狩りであって、毛一本一本が木であるなら、ノミだって猪くらいの値打ちはあろう。サイズのちがいと、分類上の差異とを無視するならば、ナスビ状の体型といい、色といい、ノミと猪くらいよく似た動物はないといってもよい。そのことを確認したのは、歌舞伎の舞台で猪を見たときで、あの人間の四肢をもつ縫いぐるみの猪は、何よりもノミにそっくりであった。ともあれ、あたたかい犬の背に密生した樹林を駆けまわる猪を、巨人である私が指一本でとりおえようと、髪ふりみだし文字通りノミとりまなこで犬の上にかがみこんでいる図は、かなり勇壮なマンガであるにちがいない。

ちなみに、落語から仕入れたあやしげな知識だが、江戸時代には猫のノミとりという商売があった。頼まれた猫を毛皮でくるみ、ふところに抱いてじっとあたためていると、ノミが毛皮の方にたかってくる。ずいぶんのんきな商売があったもので、私に向いているような気もするが、しかし、毛皮に移住したノミは、いったいどうやって始末したのだろう。噺家《はなしか》はそこまで教えてくれなかったので、その問題は今もって未解決のままである。

待っている犬

何年も前のことだけれど、南極に置き去りにされながら、辛うじて生き延びたタローとジローが、あくる年戻ってきた越冬隊の隊員に、ちぎれんばかりに尾をふって飛びついていった、という話には私たちを無条件にホロリとさせるものがあった。

愚直な犬は、およそ人を裏切ったりしないので、人間が自分を裏切って置き去りにした、などと疑ってもみなかったのかもしれない。どこかで読んだ話だけれど、ある人がどうしても犬を飼えない事情ができて、もらい手もないまま、車で山へ捨てに行った。ところが、一月ほどたって、たまたまその山中を通りかかった知人が、その犬が山道のわきに人待ち顔に座っているのを見かけた。それを聞いてたまらなくなった飼い主は、とうとう山へ犬を引き取りにいった、というのである。

この犬も、飼い主がいつかきっと迎えにきてくれるものと信じて、山中で生き延びながら待っていたにちがいない。飼い主の車が現れ、自分の名が呼ばれるのを聞いたときの、犬の狂喜するさまが目に浮かぶようだ。

私は散歩かたがた犬を連れて、近所へ買い物に行くとき、犬を入れてくれない店では、買い物の間、道路の電柱などに犬をつないでおくことがある。おもしろいことに、以前飼っていた雑種の犬は、しばらく待たされて私が戻ってくると、全身で喜びを表して飛びついてきたものだが、今飼っている柴犬は、大してうれしそうなそぶりを見せないのである。どうしてこんなに態度が違うのかしら、とうちで話していると、家人がこんな意見を述べた。前の犬は雑種で、先祖代々、捨てられたり、みじめな思いをした記憶が脳細胞にしみついているに違いない。だから、電柱につながれて待たされている間、ひどく不安で心細い思いをしているので、主人が現れるとすごくうれしいのだろう。それにひきかえ、血統書付きの犬は、親代々大事にされおっとりと育っているから、心配などせずのんびり待っているのだろう、と。

待っている犬、といえば、古いところではホメロスの叙事詩「オデュッセイア」にちらりと姿を見せるアルゴスという犬のエピソードがある。オデュッセウスはギリシアの小さな島の王で、トロイ戦争に出征したきりトロイ落城後もなかなか故国へ帰ることができなかった。長い漂流の末、二十年ぶりで帰郷したこの王は、乞食の姿に身をやつして自分の館に戻ってくる。家族も家来も、彼をオデュッセウスと見破る者はいない。しかし彼がむかし自ら手がけて飼っていた犬のアルゴスだけが、彼を主人と認めて尾をふり、懐かしげに両耳を垂れる。しかし、かつては駿足を誇った見事な犬も、今は老いさらばえ、横たわったまま主人に近づく力もない。そして、オデュッセウスが奥の広間へ入って行くのを見送ると、すぐに力尽きたように死んでしまうのである。まるで、昔の主人に一目会うためにのみ、長い年月、生きながらえてきたかのように。

リスの綱渡り

去年の冬、ミシガンに滞在していたときのことだ。葉の落ちた高い木の梢に、小鳥の巣にしては大きくて不細工な、バレーボールを少しふくらませたくらいの球形の巣がかかっているのを時折見かけた。枯れ枝と落ち葉を雑にまとめただけで、ひどいのになると枝に落ち葉がひとりでにからまったのではないかという程度のお粗末な「建造物」である。三月の終わりごろ、それが家主のW夫人と一緒に近くの公園——近くの、といっても車で飛ばして二十分かかり、それが近所ということは、いかに人がまばらに住んでいるかということになるが——を散歩した時、かねがね不審に思っていたこの落ち葉の塊を指さして尋ねたところ、リスの巣だと教えられた。やわらかい毛ごろもに包まれた小さな生きものたちは、あんな樹上の巣の中でここの厳しい冬を越すのだろうか。ふさふさした大きなシッポを多分ひざ掛けのように身にくるんで、何匹かが、多分オスとメスとが、小さな体を寄せ合って眠るのだろうか。梢に近い枝の高みで、雪と寒風にさらされて。

その数日後、にわかに寒気がゆるんで、いつものように分厚いオーバーをしっかり着こみ、近所の食料品店から果物などを抱えて帰ってくると、さすがに少し汗ばむほどの暖かさだった。家のすぐ近くの、雪解けの芝生を横切る時、二匹のリスがくるくると追いかけっこをしているのを見た。本年初めてのリスの出現だ。目まぐるしく木に駆け上り、ひとしきり常緑の葉の茂みに隠れたと見ると、また芝生に駆け下りてきて、木の回りを追いつ追われつ遊んでいる。厳しい冬をようやくしのいできた可憐な生きものたちの、みごとな早春の嬉遊曲。スノーブーツとオーバーで着ぶくれたうえ、グロサリの大きな袋を抱えた私は、とてもかなわないな、と思いながら、身軽なリスたちのアレグロの輪舞《ロンド》を眺めて飽きることがなかった。

それからさらに半月後、すっかり春めいて日陰に残っていた雪も残らず消えたころのことだ。早くも咲き出したチューリップや、日本の柳とちがって真っ黄色の新芽を吹いた柳をものめずらしく眺めながら、芝生の原に点在する家々の間を散歩していると、頭上の電線をするすると伝ってゆく生きものの影が目に入った。電柱から電柱へ、みごとなリスの綱渡りなのだ。しかも電柱のところにたどりついても下へおりようとせず、またその先へ、どこまでも宙を渡っている。少し心配でもあり面白くもあるので、上を見上げながらあとを追っていくと、そのうちに、電線を覆うように張り出した大きな木の枝があって、そこですっと姿が消えた。目をこらすと、葉の茂みの中を、あのふさふさしたシッポが波打っている。

家へ戻って、いったい何のために電線を伝うんでしょうね、というと、W夫人は、地上を歩くより面白いんでしょ、と答えた。私だって、あんなに身軽だったら、電線の上でも走ってみたいわ、と。

猫は魔女?

人間の身辺どこにでもいるなじみぶかい動物なのに、猫ほど神秘感のある動物はいない。がさつな犬と比べると驚くほど優雅だけれど、犬のように気の小さいお人好しでなく、人間など無視したふてぶてしさを持ち、何を考えているのかうかがい知れないところがある。足音をたてずにどこからともなく現れ、どこへともなくすっと消え失せる。その進退の陰性の素早さは、忍者風というより、むしろこの世のものならぬ変化《へんげ》を想わせ、なるほど化け猫伝説が生まれたのもむべなるかなという気がする。

ヨーロッパ人も猫に対して同じような印象を持つとみえ、中世のあの魔女狩りの時代には、魔女（とみなされた女）はさまざまな動物に姿を変えたが、なかでも猫に化けるのがもっとも多いとされていた。たとえば、お祈りをしている修道女の足もとに、「魔女」が灰色の猫に姿を変えて近づいた、などという告発が大まじめで行われたのである。魔女の化身とみられた猫も迷惑だったろうが、猫に化けたといわれた女はもっと哀れで、ひどい拷問のすえ、魔女であることを告白させられ「魂を救うために」火あぶりにされたのだから、時代の偏見というものはおそろしい。

猫の名誉のため一言しておくと、猫は魔女であるだけでなく、エジプトでは女神でもあった。古代エジプトの神々は、牛、狒々《ひひ》、隼《はやぶさ》、ライオンなど、様々な動物の姿をしているが、バステトという女神は猫の頭部を持ち、愛と恐怖の女神だった。

犬と猫の知力を単純なテストで計るなら、犬の方が優秀ということになっているが、生きもの同士の力関係は、必ずしも知能や体力の高低を反映していないようである。ためしに犬と猫の喧嘩を見てごらんなさい。犬はまことに犬的にまっしぐらに追いかける。猫はするりと逃げて木に登るか、または自動車の下などに潜り込む。いずれにしても、犬のキバの届かぬ場所に逃げこんで、ココマデオイデとバカにしきった態度で居すわっている。これに対して犬は、遠くからワンワン吠え立てるしか能がなく、文字通り歯が立たないのである。

たまに、逃げ場のないようなところで犬が猫を追いつめたと思うと、猫は猛然と毛を逆立てて背をまるめ、ピンと立てたヒゲの間からシュッと荒い息をもらし、思いきり歯を剝《む》き、丸い眼をいやが上に丸くみひらいて、形相すさまじく犬を威嚇《いかく》する。すると腕力では問題なく勝つはずの犬が、猫の迫力にタジタジとなって、シッポを巻いて退散してしまったりするのである。

こんな情景を見ていると、人間同士、ことに夫婦間に、これに似た力関係があるな、とつい連想がそっちへ向く。どう見ても夫の方が、腕力はむろんのこと知的にも優れているくせに、どこか犬っぽい愚直さがあって、猫的な妻に軽くあしらわれている、というような例が身近にありそうで、つい友人のだれかれの顔を思いうかべたりする。

不吉な犬

前に、猫が魔女や女神になる話をした。魔女にせよ女神にせよ、猫はとかく女性を連想させるようである。単純率直な犬が、牝犬でさえ「男性的」に見えるのと好対照といわねばならない。本当は、男にも猫っぽい人がいるし、女にも犬っぽい人がいるので、単純率直が男性の持ち味だというのは偏見と言われよう。実を申せば、かく言う私も性格的には犬族に属しているので、燐《りん》光を発するような神秘感のある猫には、いささかの距離をおいて賛嘆と崇敬の意を表しながら、親愛の情を感じるのは、がさつ者の犬の方なのである。あまりにも人間になつきすぎる犬は神様にも悪魔にもなりにくい動物のように思える。

しかし、不思議なことに、古代エジプト・ギリシアこのかた夢判断の書の中では、犬はほぼ例外なく敵を表している。つまり、夢のなかに犬、特に黒い犬が現れたら、それは自分に敵意を抱く存在、自分を害する存在の不吉な象徴だというのである。たとえば病気、災い、陰険な謀略など、まがまがしい役割が犬にふりあてられていて、その不吉さはとうてい猫の比ではない。愛犬家にとってはけしからぬ夢判断であるが、あながちでたらめな夢占いではなく「不吉な犬」というのは宗教や神話伝説に深く根ざした観念のように思われる。

昼の意識では、あくまで忠実な人間の伴侶である犬が、なぜ夢の中では敵意ある存在の象徴となるのか。私なりに考えてみても、次のような理由しか思いつかない。おそらく、現代のようにペット化していない時代には、犬は飢えにかられてオオカミ的な凶暴さをあらわす機会が多かったろう。また、きちんと埋葬が行われていればよいが、戦乱や疫病の時など、葬られない死体がころがっているような状態の時には、犬は大いに人肉を食いあさって、人々に忌まわしい思いをさせたことだろう。

それかあらぬか、冥界はことに犬と縁が深かった。シェイクスピアのせりふなどにも度々出てくるヘカテーという魔女的な女神は、もともとギリシアの冥界の女神で、炬火《きょか》を手にして夜の岐《わか》れ路に立ち現れる。三面相を持ち、吠え叫ぶ一群の悪霊の犬を連れている。時にはヘカテー自身が牝犬の姿で出現することもある。また冥界の門を守るケルベロスという恐ろしい犬がいる。冥界というところは貴賤老若だれでも来る者を拒まぬ「広き門」を持っているが、この番犬はいったん冥界に入った者を決して外へ出さぬための、つまり死者をよみがえらさないための、門番なのである。ケルベロスは三つの頭を持ち、尾が蛇の形で、頸《くび》の回りに無数の蛇がたてがみ代わりに生えている。もっとも詩人によっては頭の数が五十だの百だのと言っていて、いくら大きな体でも、頭が百も鈴なりになったらどうするのだろうと心配になるけれど、想像を絶するところが神話の神話たるゆえんなのであろう。

ダンゴ虫たち

朝、ミキに食事をやったあと、ビニール袋を手にして庭中くまなく巡視するのが私の日課になっている。庭に放し飼いにしてあるので、どこに土色の保護色をした落とし物がころがっているのかわからない。目を皿のようにして、時にはにおいを頼りに探しあて、枯枝をポキンと折って箸の代わりにして、それでつまみあげて袋に入れる。

私が忙しすぎたり、旅行で家を空けたりして、この日課を果たせないこともよくある。十日以上もためてしまうと犬の糞ひろいもちょっとした作業になるが、しかし雨などで溶けて流れてしまう以外に、虫たちがかなりの量を片付けてくれることがわかってきた。

主役は俗にダンゴ虫といわれる黒っぽい灰色の、さわるとまるまって完全な球型になる虫で、これがむらがり寄って糞をボロボロに解体し消滅させているのである。不潔な、いやな虫とばかり思っていたのに、思わぬ所で汚物を清掃し、自然界の循環、輪廻に役立っていたわけだ。古代エジプトで永遠の生命の象徴として尊ばれた聖甲虫スカラベも、「糞ころがし」の異名の通り、獣の糞をまるめてころがし、その中に、卵を生みつける虫だった。スカラベが特に神聖視されたのは、まるめた糞を両手で高々ともちあげる姿が、神なる太陽を礼拝するように見えたからだというが、わが家のダンゴ虫たちは腹中に糞をおさめたまま、危険を感じるとくるくると身をまるめ、みずから灰色の小太陽と化して、永遠の大地の上にころがるのである。

V

旅人のひとりごと

今は昔、私が三田の学生だった頃、西脇順三郎という先生は二重にも三重にも気になる存在であった。

現職の文学部長であり、したしく私たちの英語の採点をなさるたいへん偉そうな先生としてまず気がかりな存在だったが、その英文学の教授が事もあろうに詩などというさんくさい業《わざ》によって名声を得ているのが、尚一層気がかりなことであった。しかもわるいことに、私は西脇順三郎の詩が殊の外気に入っていて、ありていにいえば、慶応の文学部に入った理由のひとつはそこにあったのである。

ギリシアを知らぬヘレニストであった私は、ギリシアに行ったことのない西脇先生のヘラス的感覚の祝祭に、まずうきうきと心うかれていた。『あんばるわりあ』のモダンでハイカラな古典的風土は、私のような在日ヘレニストたちの観念的祝宴の場としてまことに恰好なものであった。少年がドルフィンを捉えて笑ったという、かのカルモディンの里の如きは、私のギリシア風土記の中で、ミュケナイやデルポイにおさおさ劣らぬ重要な村落であって、それがじつは架空の地名であると知ってからも、失望するどころか、その催眠薬（カルモチン）に似た名をもつ村の名が、なおさらイデア的な純粋さで、未知の故郷の魅力を帯びるようになった。

それほどまでに惚れこんでいるくせに、というより惚れこんでいるゆえに、二十歳の私は、西脇先生に対して、何となく怪しからぬという印象をもっていた。何が怪しからぬのかといえば、『あんばるわりあ』の詩人が教室でヘンリ・ジェイムズの講読をしたり、生徒に点をつけたりするのが怪しからぬのであり、とりわけ、他ならぬこの私に、点をつける、というのが許しがたい行為なのであった。私が先生の詩を採点するのは、読者として当然の権利なのだが、先生が私の英語を採点することが、あたかも愛読者そして私の考えでは詩人でさえあるこの私の批判力を採点しているかの如く感じられたのだ。全く筋違いな言いがかりで、我ながらおもしろいのだが、たぶん、私は Professor よりも Dichter を上に置くドイツ的な考え方に毒されていて、詩人というものは大学教授よりもえらいものだ、と信じたかったのであろう。

とまれ、吹けば飛ぶような一介の女学生にとって、父親以上の年配の高名な詩人、しかも一見おそろしく厳粛で威厳のある大学教授などというものは、それだけでは全くとりつくしまもない存在であって、ときどきその頬がゆるんで、なんともいえぬ苦味のある魅力的な笑いが顔中にひろがるときでさえ、その笑いの正体がつかみきれずにうす気味わるい思いがした。つまり当時の私にとって西脇先生は、ちょうど幼児にとって大人がそうであるような、未知の偉大さに満ちたいかがわしい存在だったのである。

しかしこの幼児は、暗号を解読するためにひとつだけ鍵をもっていた。詩の理解と呼ばれるこの鍵はしかしきわめて不定形で、それが西脇先生の私室（あるいは心室）への合鍵なのかどうか、疑えばいくらでも疑うことができた。その頃私が読んでいたものといえば『あんばるわりあ』の他は『旅人かえらず』だけであったが、この長詩には「淋しい」という形容詞がやたらに使われている。到るところでけろりと笑ってみせながら、新古今集の歌人も顔負けするほど淋しがっているらしいのである。らしいというのは、若い頃の私はこういう情緒的表現の仕掛ける罠に対して当然警戒的であって、この瓢然たる旅人のあとをつけながら、ずいぶん小首をかしげたものである。しかし、いま二十年を経て、その後展開された西脇詩の長大なモノローグを読みつづけてみると、若い頃の臆測はどうやら下司の勘ぐりに近く、このポエジイはもっと素直に受けとるべきであったと思える。実際、超現実詩法などと開き直るから話がややこしくなるので、要するに西脇先生は誰にも気兼ねのいらぬ、わがままな孤独な遊びをたのしんでいられるのであって、自分の関心以外のどんな詩法からも自由なのである。着眼が洒脱で人の意表に出るとしても、ことさらそういう効果を狙ったというよりは、彼がもっぱらそういうものに面白味を感じる、というにすぎない。彼のとりあげる詩的現実は、おおむね何でもないようなただごとでありながら、決してただごとうたにならず、常人の現実的関心に完全に肩すかしをくわせる類の、ずれた可笑しみがある。全く、或る意味ではこの人の話ほどこの世で間の抜けたものはなく、その悠然たるユーモアは口さがない外野席をタンポポの毛球のようにふうっと笑いとばしてしまうだけのしたたかさをもっている。そして、吹きとばしておいてから

たんぽぽ毛球
半球かけた
上弦の夢うるはし

などとうそぶいているにちがいないのだ。

茄子に穴をあけ
十五夜の月を眺める
古の儀式の淋しき

これが彼の詩の儀式であって、このわびしくもまたとぼけた典礼を数十年来守りつづけてきた詩人はやはり古来稀なる翁である。

かつて架空のギリシアから出発したこの自称「脳南下症の旅人」は今や永遠に向って果しな

く南下しながら、旅路のおもしろさと淋しさ（それは結局ひとつのものだが）とをなおも語りつづけている。それはもともと自分自身のつれづれをなぐさめるためのひとりごとにすぎないが、同時に他人をもたのしませずにはおかない。その低声の独白が多くの熱心な聴き手を周囲にひきつけているかぎり、この詩人はやはりひとつの authentique な典礼の司祭なのである。

ユートピアとしての澁澤龍彦

一九六二年に上梓された『神聖受胎』のあとがきに、澁澤さんはこう書いておられる。

「プリーニウスは専門の学者でなく、あくまで素人であった。自然の熱烈な讃美者であり、世相の狷介な批判者であり、しかも古風な頑固な迷信家であった。——そういうひとでありたいものだ、と現在のわたしも思っている。

一日、ヴェスヴィオ山が爆発すると、プリーニウスは持ち前の好奇心に駆られて、どうしてもこの火の山に近づきたくてたまらず、ついにナポリ湾から付近に上陸したのであったが、そこで有毒なガスに包まれて窒息死した。——そういうひとでありたいものだ、と現在のわたしも思っている。」

この願望は、少くとも前半分の願いは、ほぼ達成されたといってよい。もちろん澁澤さんを「迷信家」とは申しかねるが、しかし申し分なく古風で頑固なところがある。これを裏返せばまさしく筋が通っているということで、これほど自分自身に忠実に、非妥協的に、生きている人は稀であろう。しかも、少しも肩肘張ったかたさがなく、のびのびとおおらかなので、書かれる作品もおのずから至福の表情を帯びる。鋭い才智と純真さとが表裏をなして、純度の高い知的快楽を読者に味わせてくれるが、この楽しさの秘密は何よりもまず著者自身が楽しんでいるという印象にあるだろう。つまり、苦渋の跡が少しも見えないので、どんな労作も労作と見えず、楽しい読みものとなる。驚き入った才能といわねばならない。世の中には、むやみに難解な言いまわしをする人がままあるが、複雑な内容の要求する難解さならばやむをえないにしても、単に文章の整理がわるいにすぎない場合も多いように思える。高度な内容でわかりやすい文章を書くにはまず頭が明晰でなければならないが、その上これをおもしろい読みものにするには、人間的魅力をもひっくるめたよほどの才を必要とするであろう。

『神聖受胎』の冒頭に「ユートピアの恐怖と魅惑」という論文が据えられていて、私ははじめてこれを読んだとき、澁澤龍彦という少壮文学者（まだ三十代前半だったのだから）の影を覆うようにして卓抜な文明批評家の姿が立ちあらわれるのを見た、と思った。しかしこの私の思いこみは少しまちがっていたようだ。この力強く才気あふれる文章は、もちろん文明批評でもあるのだが、しかし、澁澤さんの本質は文明批評や文学評論にあるのではなく、感性と思考を美しく様式化する「エスプリの造型」にこそ、彼の真面目がある、と私は信じたい。近年、『思考の紋章学』という書を出されたが、魅力的なこの題名以上にこの人の秩序立てられた知的世界を巧みに表現できる言葉は見当らないであろう。

今にして思えば、あのユートピア論がすぐれていたのは、ユートピアというものが人間精神の考え出した架空の国であり、その定義からして現実——澁澤さんの嫌いなアクチュアリティ——のアンチテーゼとして置かれたものだからであろう。彼の精神は、猥雑で混沌とした現実の世界よりも、ユートピアのように、夢想的な組織者たちが造型した、輪廓明瞭な世界、完結し、閉じられた宇宙を語るのに適している。

であるから後年(一九七四年)「ユートピアとしての時計」という文章(『胡桃の中の世界』に収録)によって、歯車やぜんまい仕掛で動く時計の中にユートピアのイメージを結晶させるに至ったのは、澁澤さんにとっていわば歴史的必然であり論理的帰結に他ならなかったといえる。一つの円盤の上を長針と短針とが永劫回帰的な円運動をくりかえす機械時計は、無窮動の循環的時間をつくり出し、歴史的持続を否定する。そしてユートピアとは元来、歴史の無秩序な流れと対立するものであり、一本の軸を中心に回転する機械的世界なのである……

こうして時計は、この鋭敏な頭脳独特のからくりによって、ユートピアのイメージそのものに加工されてしまう。かつてレヴィ＝ストロースは未開人の社会を機械時計に譬えた（『レヴィ＝ストロースとの対話』時計と蒸気機関の章）。階級間の隔差から生じるポテンシャル・エネルギーによって大きく揺れ動きながら歴史的に発展する熱い近代社会を蒸気機関に譬え、すべての成員が同じ活動に調和的に参与している未開社会、わずかなエネルギーで同じ営為をほとんど無窮動的にくりかえす冷い未開社会を時計になぞらえたのである。これは民族学者の文明批評であり、時計はこの場合未開社会の譬喩であるのに対し、澁澤さんの時計は、無可有郷の不可思議を思議する学者＝芸術家の精神の造型であり、知的でありつつも異様に詩的な作品としてのオブジェである。

オブジェといえば近頃の澁澤さんの書かれる試論《エッセイ》はおおむねオブジェ的である。つまり、視覚型の人なので、精神の工作物がみな可視的な輪廓をもつのだ。この人の透徹した視力は、神秘の闇を透視するヴィジオネールのものではなく、精神の正午にプラトン立体やホムンクルスを観察するアポロン型の晴朗な思索者のそれであろう。ことのほか幻想動物を好み、博捜な「幻想博物館」の館長である上に「幻想動物園」の園長をも兼ねている風情だが、古代の薄明にうごめくどんな奇怪な動物も、この人の筆にかかると、様式化された紋章ふうの姿態をとるからふしぎである。

ヴェスヴィオの噴火はともかくとして、澁澤さんは、ハレー彗星を見るまでは生きていたいといつか言っておられた。鎌倉山の夜空に、きらめく髪をたなびかせた巨大な天体を眺めるとき、七十六年の歳月を経て回帰してきたその荘厳な天の紋章が、彼の心にどんな新しい紋章学を発想させるか、私もそのときを楽しみに待ちたいと思っている。私たちがはじめて出逢った二十歳《はたち》代の白皙の美貌をふしぎに保ちつづけて、いささかも浮世の辛酸の跡を見せない澁澤さんは、どうやら私の心の中で、その存在自体、歴史から隔離されたユートピアの相を帯びつつあるらしいのである。

『未定』このかた

今は昔のこと、学習院独文科在籍中の人たちが中心となって同人誌をはじめることになった。澁澤さんも、その妹の道子さんも私も外部から仲間に入れてもらった。いずれも矢川澄子さんの縁につながってのことである。雑誌の題はあれこれ考えたあげく題未定、瓢箪から出た駒みたいに、「未定」で行こうということになった。当時独文の助手で江間那智雄と、まるでネオプラトニストみたいなペンネームを名乗っていた岩淵達治さん、胃弱でやせこけて、意識過剰の頬骨を尖らせていた村田経和さん、その他みな未成熟というか自称大器がそろっていて、はやばやと形が定まるのを厭ってこんな妙な名前がつけられたのだと思う。この題名にふさわしいエピグラフを、というので、プロテウスの変容自在をうたったラテン語の詩句を撰んだのはもしかすると私だったかもしれない。

澁澤さんはこの同人誌に『エピクロスの肋骨』などを発表していて、これらが最近まで単行本に未収録であったため、某誌の編集者から『未定』について問い合わせがあり、家中探しまわったけれども、雑誌そのものは発見できなかった。昨年暮、家を建替えたとき、長年書棚の一隅にたしかにおしこんであった数冊を、どこへどう運んだのか運ばなかったのか、それ以後杳として行方不明なのである。がらくたと共に、けっこう大切なものを置き忘れたまま、大音響とホコリをあげて古い家をとりこわしてしまったが、どうやらあの古雑誌も、家と運命を共にしたらしいのである。

ともあれ同人たちはおおむねディレッタント風で、あまり「文学」にムキになる気配のない人たちであったから、同人誌といっても世の常の合評会みたいなことはしなかったような気がする。していたかもしれないが、少くとも私はそんなことをした記憶がない。

記憶といえば澁澤さんの記憶力はすでに伝説的であるが、たしかにあの物覚えのよさはただごとでなかった。どんな些細なことでも隅々まで記憶して忘れることのできない「記憶の人フネス」というボルヘスの短篇を読んだとき、私は直ちに澁澤さんを思い出してしまったくらいである。これと反対に忘却力抜群の私は、ベルグソンの『物質と記憶』を我田引水しながら、記憶なんて物質的なものよ、と負け惜しみをいうほかはなかった。

一般に粘り強く執着の強い人は物事をしつっこく憶えており、物事にこだわらずさっぱりした人はさらりと忘れっぽい、したがって忘れっぽい人の方が人柄がよい、というのが私の「持論」であるのに、澁澤さんはとてもさっぱりと「淡白質」なくせに記憶魔で、これはじつに不都合な例外であった。

一般に住宅事情のきわめてわるい時代で、あのころ澁澤さんが住んでいた鎌倉小町の家もかなり古びてくすんだものだったけれども、はじめて訪れたとき、書斎にしていた和室の鴨居の上に、マッチの空箱がたくさんならんでいるのに目を見張った。色やデザインのいいのをえらんで、タテにしたりヨコにしたり、二つ三つと積みあげたり、じつに気の利いた室内装飾になっているのである。なるほど、こんな自由な、しゃれた発想をする人なのだな、と私はすっかり感服してしまった。ただの古家が、このユニークな人の生活空間となることによって、なにやら知的でダンディな雰囲気を漂わせ、人々を惹きつけるのであった。

澁澤さんは彼の文体の通りに率直でさわやかな人柄であるし、私は単細胞で何でも思ったことを口にするたちであるから、時には子供の兄妹げんかみたいな言い争いをすることがあった。一度などは、男と女とどっちがえらいか、というようなばかばかしい議論で、私が、「そりゃ（男の方が）腕力が強いことはみとめるけど」といったのがキッカケで、とうとう澁澤さんと力くらべをしてしまった。すりきれた畳のへりを境界線にして足を踏ん張り、互いの右手をつかんで引っぱりっこをしたところ、かなり酔っていたせいか彼が前によろけて、なんと私が勝ってしまったのである。そのあとしばらく彼は「チマコの怪力」といいふらしていたらしい。たぶん「女は頭は弱いが腕力は強い」という結論がついていたのであろう。

誰でも若いころは年老いた自分をなかなか想像できないものだけれども、澁澤さんは人一倍華奢な体質であるし、私も喀血して休学した直後で、どちらもあまり長生きしそうもなかった。彼は持ち前の晴朗な精神の力で肉体の虚弱さにうち克ちながら存分によい仕事をして五十九歳まで生きた。今となっては早すぎる死、と惜しまれてならないけれど、あのころは実感として人生五十年と思っていたのである。その五十歳になったとき、彼は、もうあまり長生きしようとも思わないけれど、ハレー彗星がくるまでは生きていたいね、と語った。かねて話にきいていた、夜空にみごとな尾を曳いた巨大な星を想像していたのである。しかし待望のハレー彗星の年、日本からはほとんど見えないという情ない仕儀であったので、この前のときはだれでもよく見られたというのに、どうもわれわれはついていないなあ、と嘆いたものであった。プリニウスの大好きな、プリニウスのように好奇心の強い澁澤さんが、あの待ちに待った天文異象を見のがしたのはほんとに残念なことであった。

澁澤さんはいつも私の本をよく楽しんで読んでくれて、新著を送ると必ずなにか感想を記した手紙をくれるのであった。最後に、一昨年秋の大手術の直後に『祝火』という詩集を送ったときには、まさか自筆の手紙をもらえるとは夢にも思っていなかったのに、「幻術の塔」が特におもしろかった、と、例の特徴ある筆跡が、寝て書いているため少しゆがんで、それでもちゃんと封書で、礼状が届いたときにはさすがに涙がこぼれた。そういえば「幻術の塔」という散文詩は、いかにも澁澤好みの奇想天外な話ではあったけれども。その手紙に、手術がうまくいったので、もう少し生きのびられそうです、と記してあり、何とも胸がつまったが、そのあと、彼は文字通り「もう少し」しか生きられなかった。遂に見そこなったハレー彗星のあとを追って、彼の魂がこの地球を離れていった――私はそんな気がしてならない。日本の「ひとだま」の観念からすれば魂は彗星と同じく尾を曳いているはずで、彼の霊魂は凡庸な人々の魂より一段と立派な尾を曳きながら、ハレー彗星との距離をぐんぐんちぢめて、もうそろそろ、輝く壮大な尾の先に追いついたころではないだろうか。古代エジプトでは、ファラオの死は、「王は太陽に帰一せられた」という美しいきまり文句で記されたものであるが、太陽信仰のファラオたちが、死して太陽に帰一したように、彗星と相似形の澁澤さんの魂が、憧れによって加速されながらあの星に追いつき、遂に星に「帰一」する……ちょっとマンガ的なこの空想をたぶん澁澤さんは気に入ってくれるのではないかと私は思っている。

（一九八八年秋）

イルカに乗った澁澤龍彦

澁澤さんはギリシアについて、『滞欧日記』の一部で、ごくあっさりしたメモ程度の文章しか書いていない。

ギリシア旅行といっても彼は主にテッサロニキにいたようだし、私は北ギリシアへは行っていないので、私の足跡と重なり合うのはアテネとデルフィくらいなものらしい。しかしデルフィについても通り一遍の感想で、あまり感動した様子もない。私などは、はじめてデルフィを訪ねたとき、パルナッソスとかヘリコーンとか、古き神山の名を聞いただけでばかばかしいほど感激し、遺跡の石ころのひとつひとつをうっとりと眺めたものだが……

そもそも彼はヘレニストではないし、古代にのめりこむタイプでもない。彼の関心は全く別の方向にあったから、ヘレニズムのアレクサンドリア風デカダンスは別として、一般にギリシア的なもの、とりわけ古典ギリシアは立派すぎてどうやらとりつく島がなかったように見える。

しかし思うに澁澤さんは、ありきたりの観光客みたいに、奥さんや友人とテッサロニキの街をうろうろして「噴き出るように汗をかいた」りするよりも、(彼は見かけによらず汗かきだった)ひとりで静かな海辺に佇んでいる方がよく似合っただろうに。エーゲ海の水は彼の鎌倉の海につながり、「うつろ舟」の漂着した常陸の海にもつながる。そして高丘親王の船出した広州の港にも。澁澤さんは山の人ではなく海の人であり、海の似合う人だったのだ。

真青なエーゲ海は今ではほとんど不毛の海である。歴史はじまってこのかた陸地の木を伐りつづけた結果、山肌が荒れ、植物の栄養分のある水が海に流れこまなくなった。ギリシアの海岸は、日本の海のような磯臭さがない。あまりにも清浄な無臭の海。

その海で、じつは私は澁澤さんをイルカに乗せてみたかった、と思うのである。

むかしはイルカの群が船についてきて、楽しげに船の下をくぐったり、跳びはねたりして、船乗りや旅人を悦ばせたというが、今ではほとんどイルカを見かけない。彼らがエサにする魚が激減したからである。私は二度船旅をしたが、一度もイルカに出会わなかった。まだ北の方に少しいるというが、私がたどったのはアテネより南、クレタ島やロドス島への航路であった。

伝承によればイルカは水に落ちた人を背にのせて助けたという。特に、詩人や音楽家に好意的で、海賊に殺されかかった楽人アリオンが海に身を投げると、イルカが背にのせて岸に運んだ、とヘロドトスが語り伝えている。澁澤さんの大好きなプリニウスの『博物誌』にも、湖の向う岸の学校へ毎日少年を運んだイルカの話などが載っている。古典をひもとけばこの種の話は無数にあるが、統計的にみて、イルカは詩人と少年を愛したようだ。澁澤さんは華奢な小柄の体格で、中年すぎても美少年風であったから、そして大いに詩人的な想像力と構想力にめぐまれていたから、イルカに愛される資格は十分にあった。

想像するだに楽しいではないか、イルカの背に乗った澁澤龍彥。少しおっかなびっくり背ビレをにぎりしめながら、つるんとしたイルカにまたがって、陽光きらめく波を分ける彼。調子よくタラッサ、タラッサと、海《タラッサ》に向かって歌いかけながら、そしてちょっと照れて、黒いベレーを直したりしながら。真青な海は無数のまぶたをめくれあがらせて、そんな彼を見るだろう。（彼は死してなお、愛読者というおびただしい眼によって見上げられている）。

鏡

ダンディにとって他人の眼はつねに鏡の役割を果たす。自他ともにゆるすダンディであった澁澤さんが鏡のテーマを好んだのは当然のことといえるかもしれない。しかし彼の鏡好みはもっと根深いもので、彼は鏡を眺めるよりは、鏡像の喚起する様々の観念を愛したのである。鏡をのぞきこめば自分の影が映る、というより〈もう一人の私〉がいる、と感じるナイーヴさをもっているかぎり、影像は〈私〉に準じたなにがしかの実在性を帯びたものとならざるをえない。水鏡に映る自分の影に恋いこがれたナルキッソスについて、澁澤さんはおもしろいことを言っている。水仙は有毒植物で、水仙《ナルキッソス》の語源はナルケー（麻痺）である、とするプリニウスの説を引きながら、「美少年ナルキッソスも美による自家中毒をおこして、眠るがごとく死んだのだと考えることはできないだろうか。」（『フローラ逍遙』）

さて、ナルキッソスの水中の影は、彼の意に反してあくまで影としてとどまったから、彼の恋は決してかなえられるはずがなかった。しかし影が完全な実在性を帯び、〈私〉から分離独立する例は、古今東西、とりわけ中国の伝承の中では稀ではなかった。たとえば仙術に通じた道士たちは、〈私〉から影を遊離させ、大いにこれを活用した。すなわち《分形の法》である。澁澤さんの『ドラコニア綺譚集』に、「鏡と影について」という短篇が収められていて、これが《分形の法》を修した仙人朱橘の物語なのである。そのもっとも美しい一節を手短かに御紹介しよう。

斧をかついだ木こりの男が奥山に分け入ると、山中に庵があり、庵の前に池がある。玉のように美しい童子がその池に遊んでいる。水面を、沈みもせず、小犬のようにころころと走りまわるのである。やがてさらにふしぎなことに気づいた。水面は鏡のように雲や岸の松の影を映しているのに、童子だけは影がない……そのうちに童子は遊びをやめて庵の中にはいっていった。「男も誘われるように、童子のあとから庵にはいった。童子の姿はどこにも見えない。そこには白い髯をはやした老人が黙然と端座しているばかりであった。老人は朱橘である。朱橘が遊神術によって、わが身を二つに分形し、おのれの分身たる童子を池の上に遊ばせていたのであった。」

澁澤さんの最後の作品となった『高丘親王航海記』には、鏡湖という一章がある。その湖のおもてを覗きこんで、もし顔が映らなければその人は一年以内に死ぬという言い伝えがある。高丘親王が舟の上から湖面を覗きこむと、顔が映らない。

親王はやがてその国の王城の一室で、向い合わせにおかれた二面の白銅鏡を見る。それには布の覆いがかけてある。太后は鏡恐怖の国王の症状について説明する。「鏡をのぞけば、その中には自分の影が見える。自分がふたりになる。それがおそろしい。それでものぞかずにはいられないと、息子はつくづく申します。このごろでは、鏡をのぞくたびに、自分とそっくりな男が鏡の中から抜け出てきて、自分の前にぬっと立ち、やがてけむりのように消えてゆくとも申します。二つの鏡のあいだに立てば、自分の影はさらにふえて、その数は想像もおよばなくなることでしょう。」

国王の神経症を癒やしてくれるように頼まれた高丘親王は、それぞれの鏡面を内側にして、二枚の鏡をぴったりと重ね合わせ、紐でしばってしまう。

「そら、こうしてしまえば影は永久に封印されて、もう二度と世にあふれ出ることはできなくなります。影は光を絶たれて、ことごとく闇の中で死んでしまいます。」

この条りを読んだとき、私は思わずにんまりとした。澁澤さんは換骨奪胎の名手で、この物語の中でも数々の下敷を透かし見ることができるが、ここの場面はどうやら、彼がおもしろがってくれた私の小著の一節からヒントをえた、と思われるからである。（因みに仙人たちの鏡道についても私は書いている）

世界の鏡という鏡が「不眠不休で運命的に／世界を増殖させているのを見る」というボルヘスの詩を引用し、鏡の恐怖に言及したあと、私はある芸術家の興味ぶかい造型行為について語った。その人は、鏡の裏の朱い塗料を剝ぎ落し、鏡をただのガラスに還元してしまったのだ。「そして鏡から鏡を剝ぎとった河口龍夫氏は（これがその造型作家の名である）次に鏡を窒息させることを考えついた。すなわち、同型の鏡二枚を、鏡面を内側にしてぴったり重ね合わせ、ひもで十文字に縛りあげたのだ。これは鏡の魔性の呪縛であって、己れと相似なるものによって圧殺されたとき、今まで他者にドッペルゲンガーを与えつづけたこの鉱物質の魔術師は、見事な応報を受けたというべきだろう。」（『鏡のテオーリア』）

ともあれ、鏡像の主題によっていくつかの変奏《ヴァリエーション》をたのしんだ澁澤さんは、遠からぬ死を悟ったとき、高丘親王の手をかりて、ぴったりと重ね合わせた二面の鏡を紐でしばってしまったのである。おのれの終焉を自覚した、なんとみごとな作家的行為ではないだろうか。なべて文芸の営みは鏡像の戯れなのである。

アスフォデロスの野

須賀さんはアスフォデロスという花が気になっていたようだ。『ヴェネツィアの宿』のなかに、「アスフォデロの野をわたって」という一文がある。(彼女はイタリア風にアスフォデロと表記するが、私は自分の呼びなれたギリシア風のアスフォデロスという表記を用いる。英語やフランス語ならばアスフォデルである。)

夕陽の沈むころ、海辺のポセイドン神殿の遺跡を歩いていると、

「小高いところには葭の群生があって、すこしまえから吹きはじめた風に青みがかった葉先がなびいていた。」

そして、姿の見えない連れの一人のことを思って、不安になってぼんやりあたりを見まわしたとき、

「なんの関連もなく、私の好きなオデュッセイアの一節があたまに浮かんだ。アキレウスは、アスフォデロの野をどんどん横切って行ってしまった。」

須賀さんがこのあとで説明している通り、これはオデュッセウスの名高い冥府行（オデュッセイア第十一書）の一節である。

トロイ戦争の立役者であった英雄アキレウスの亡魂に逢ったオデュッセウスが、彼の栄誉をたたえ、君ほど幸せな男はいない、冥界でも勢威をふるっているのだから、と語ると、アキレウスは憂鬱そうにこたえるのだ。

「死をとりつくろうのはやめてくれ、オデュッセウスよ、むしろおれは農奴となって畑を耕そうとも、まだ生きていた方がましと思う。」

そのあと乞われるままにオデュッセウスがアキレウスの息子ネオプトレモスの武勲を伝えると
「アイアコスの末裔、駿足のアキレウスの亡霊は、己れの息子が抜群の勇者とのわたしのことばを聞いて、満足げに、アスフォデロスの野を大股に歩み去った。」

「何の関連もなく」と著者が書いているように、海辺の遺跡でこの一節を思いうかべたのは、いかにも唐突であるように見える。しかし、場所はイタリアとはいえ古代ギリシアの海神——滅び去った神の社の廃墟であり、そこには葭の群生があった。しかも時刻は夕景である。このことがギリシアの冥界――アスフォデロスの野――の連想をさそったとしてもふしぎではない。

ところで、意外なことに須賀さんはアスフォデロというものを御存じなかった。「彼が横切っていく野を修飾するアスフォデロという言葉の意味が知りたくて、私はいくつか辞書を引いた。植物であることはわかったが、云々《うんぬん》……」

私は首をかしげてしまった。長年イタリアに住みながら、彼女ほどの知識人がアスフォデロスを全く知らないとは――これは地中海沿岸の国々では決して珍しい植物ではなく、かの地に住んだことのない私でさえ、十数年前、三月にギリシアを旅したおり、この花が咲いているのを一度ならず目にしているのである。もっとも私とて教えてくれる人がなかったら、この花を目にしてもこれがかの神話に名高いアスフォデロスであるとは知りえなかったであろう。幸いに、古代史学者をリーダーとする旅であったから教えてもらえたのである。そのときの実見をもとに、須賀さんの疑念と好奇心にお答えしたいと思う。私とは比べものにならぬほどかの地の消息に通じた彼女に、私が知ったかぶりすることができるのは、これくらいなものだろうから、泉下の著者とともに読者諸賢もしばらくおつきあい頂きたい。

ペロポネソス半島を周遊して、ラコーニア地方（スパルタのあたり）からアルカディアに至り、人里離れた、あまり人の訪れぬ草ぼうぼうの遺跡に足をふみ入れたとき、みごとなアスフォデロスの群落があった。百合とグラジオラスの合の子のような植物で、腰のあたりまですっと伸びた茎の先に、白っぽい百合形の花が密度のこまかい花序となって、下の方から順に咲いている。

葉は百合よりはグラジオラスに近く、剣のようにするどく伸びて、（因みにグラジオラスという名詞は剣《グラディウス》に由来する）しかしその緑はうっすらと灰色がかり、手ざわりはかたく、いかにも乾燥した土地に適応したたくましさが感じられた。

その花を最後に見たのはたそがれのころ、礎石だけが残る小さなアルテミス神殿遺趾の近くの野原であったが、白い花の群落が低い雲のように夕闇の大地から少し浮きあがって、思いなしかこの世ならぬ妖しげな気配を漂わせていた。なるほど冥界の花だな、とひとりで納得したものである。

ギリシア神話の一般的な通念では、日本でいえば三途の川にあたるアケロンを渡った死者は、アスフォデロスの野をさまよい、忘却の川レテの水を飲んでこの世のことを忘れ、冥界の住人となる。あるいは特に選ばれた英雄だけが住むことのできるエリュシオン（極楽浄土）に、アスフォデロスが咲き満ちている、と考えられた。

神話はさておき、プリニウスが『博物誌』に記していることを少し御紹介しておこう。
★アスフォデルス（ラテン語表記である）は、種子も球根も焙って食用に供する。熱い灰に球根を埋めて蒸焼にしたものに塩と油を加え、いちじくといっしょに搗く。これをヘシオドスは格別の珍味と考えている。
★その球根はかぶら位の大きさで、これほど多数の球根を生ずる植物はない。時には八十もの球根をもつ。
★球根を大麦湯で煮つめると、消耗した体によい食物になる。荒挽きの粉を加えて煉ると、健康によいパンになる。
★葉や球根を処方したものは、虫さされの毒や腫れ物に薬効がある、などなど。
博識なプリニウスが、このほかにも、別荘の門前にアスフォデルスを植えて魔除けにすることを述べながら、この植物を墓のわきに植える風習について言及しなかったのはふしぎである。墓に植えるのは、魔除けの意味もあったかもしれないが、それよりも、死霊《マネス》が球根で身を養うように、との配慮であった。いわば生きた供物である。しかもプリニウスが指摘したように、この球根はたいへん増殖しやすいから、死霊たちがいくら食べても減る気遣いはなかった。

それにしてもなぜアスフォデロスが冥界と関係づけられたのだろうか？

白いが純白ではない花の色、灰色がかった葉の色が、死人の肌色を連想させた、という説もあるが、やはり、さきほど述べたように、たそがれの野原でこの花の群落を見ると、なにか宙に浮いた白い雲のような、亡魂の群のような印象があるのが、冥府と関連させられた理由ではあるまいか。

それに、ギリシア人にとって、あの世はなぜか白っぽいものであった。

失われた叙事詩『アイティオピス』の中で、アキレウスの母である海の女神は、火葬台からわが子の屍をレウケという島へ運び、ここでアキレウスは安楽な永生きを享受することになっている。『オデュッセイア』のアキレウスの陰気な冥界暮らしとは全く別の伝承であるが、ダニューブの河口にあるともいわれるこのレウケという島は、選ばれた英雄の霊がおもむくいわゆる至福者の島々《マカロン・ネーソイ》と同じような楽土と思われる。そしてレウケとは「白い」の意味で、つまり白い島ということである。

またオルフェウス教徒の詩（ベテリア出土の黄金板に刻まれた詩節）によれば、冥王《ハデス》の館の右手に泉があり、そのほとりに白い糸杉がそそり立っている。糸杉はむろん濃い緑色であるから、白い糸杉というイメージは、生命を脱色されてまことに「あの世」的なのである。

さらにオケアノスと海の女神テテュスの娘の一人にレウケというのがいて、（アキレウスの連れていかれたレウケの島とは別）冥王《ハデス》に誘拐されて冥界へ連れていかれた。彼女は不死の身でなかったので死んでしまい、ハデスはレウケを白いポプラに変えた。この白いポプラはエリュシオンの野にある。

こうしてみると、冥王の館のかたわらには白い糸杉が生え、エリュシオンの野には白いポプラがあり、白いアスフォデロスが咲いている。楽土にせよ、陰気な冥府にせよ、死者の国の風景は、血の気が失せたように白っぽいのである。

それにつけても他界へ去った須賀さんは、今ごろ「アスフォデロの野をわたって」いられるのだろうか。そうだとすれば私の無用なおしゃべりを彼女はやんわりと制止されるにちがいない。——もうちゃんと見ましたよ、この眼で、アスフォデロを、と。

そして、ちょっとからかうように、こう付け加えるかもしれない。——『オデュッセイア』によると、冥界の森には、黒いポプラと柳が生えているそうですよ、と。

冠と竪琴の作家

前々から流れていたうわさが事実となって、マルグリット・ユルスナールが遂にアカデミー・フランセーズの会員となった。海外文化関係としてはちょっとしたセンセーショナルなニュースといってもいい。権威主義の男性の牙城に初の女性会員を迎え入れるにあたって、女性の制服をいかにすべきか、翰林院《かんりんいん》博士たちはだいぶ頭を悩ませたという話である。これも時世、といいすてることもできるが、しかし、いくら時の流れが変わっても、なまなかな薄手の才女が受けいれられるはずもなく、それだけに今回のアカデミー入りの報は彼女の実力と声価とをあらためて感じさせた。

ユルスナールは一九〇三年ベルギーの名家に生まれた。生後数日にして母を失い、教養高い父の手で育てられた。古い時代の貴族の子弟によくある例だが、通常の学校教育ではなく、父や家庭教師から古典学を中心とする高度の人文主義的教育を受け、特に父の影響は絶大だったと想像される。というのは、男性の場合、父の影がうすく母への密着度が強い子供が同性愛者になる確率が多い、といわれるが、ユルスナールの場合、母の不在と父への密着が、作品に示される彼女の独特な感受性を方向づけたことはほぼたしかだと私は信じているのだ。

成人して父が亡くなってからは、ギリシア、ローマをはじめ広く地中海域の国々に長期間遊学し、この時の見聞が彼女の創作のために大いに役立った。特に『東方綺譚』にはバルカン半島の旅の思い出が色濃くあらわれている。ついでながらこの綺譚《きたん》集には「源氏の君の最後の恋」と題する一編が含まれているが、これはつとに中村真一郎氏が指摘された通り、源氏物語の書かれざる一章「雲隠」の巻の偽作であって、特に日本の読者の興味をそそるであろう。

しかしなんといっても彼女の代表作は『ハドリアヌス帝の回想』と『黒の過程』である。(いずれも邦訳がある。なお、他に『夢の貨幣』と『火』が訳されている)とりわけ、ラテン語と同様にギリシア語を話し、ギリシアの文物を愛好し、ついでにギリシア系の美少年を熱愛した偉大なヘレニスト皇帝ハドリアヌスは、ユルスナールの歴史小説のための最上の主人公であった。長い歳月をかけて完成したこの一作の中には、彼女の思想と該博な古典の知識とが最も絢爛たる形で凝縮されている。『黒の過程』についてもいえることだが、モンテニューやパスカル以来のモラリスト(人性研究者)の伝統が作品の中にたしかに息づいていて、省察の深さと文体の端麗さにおいてフランス当代に類を見ない。

ハドリアヌスにかぎらずこの作家が好んで作品に登場させる人物は、『黒の過程』の医師にせよ、初期の『アレクシス』の同名の主人公にせよ、きわめて知的で高貴な性格であることと、多分に同性愛傾向をもつ点で共通している。この「偏向」はおそらく、さきにのべた彼女の生い立ちと無関係ではないと思われる。

『黒の過程』の訳者である岩崎力氏は、先年、フランスでユルスナールに会ってこられ、「堂々たるグランド・ダーム（高貴の婦人）でした」と私にその印象を語っておられた。作家にもさまざまのタイプがあるがこの人ほど王者然とした作家は稀ではあるまいか。残念ながらこの種のタイプはあまり日本人には受けない。一般に日本人が好むのは、もっと粒の小さい小味な作家、あるいはもっと「前衛的」な作家である。

彼女は最近『冠と竪琴』と題する美しいギリシア訳詩集を出した。これは序言にある通り「自分のたのしみのために」おりにふれてフランス語に訳したギリシア詩をあつめたもので、紀元前七世紀から紀元六世紀まで、千三百年間のおよそ八十人の詩人の作品を収録している。この中にはディレッタント皇帝ハドリアヌスの作ったギリシア語の短詩も数編収められていて、私にはことに興味深かった。とにかくこの特色あるギリシア詞華集は彼女の舞台裏の奥行きの深さをうかがわせるもので、こうした人文学者風の悠然たる作家は今後もう二度とあらわれないのではないかという気がする。

ハドリアヌスとの出会い
――ユルスナールを偲んで

人との出会いと同じように、書物との出会いにも運命的なものがある。一九五〇年代の終りに、それまで名も知らなかったユルスナールの『ハドリアヌス帝の回想』をよみはじめたとき、はやくも三ページ目に、すばらしく美しい文章に出会って私はほとんど恍惚とした。その訳文は次の通りである。

エーゲ海の島々の間を航海する旅人が、夕暮れにたちこめるきらめく霧をながめ、少しずつ岸の輪郭を見分けてゆくように、わたしも自分の死の横顔を見定めはじめている。

不治の病の床にある六十歳の皇帝、それも広大な帝国の領内をさまようが如く一生旅をしつづけたヘレニスト皇帝の心境として、これ以上ふさわしい表現があるだろうか。

数年前、来日されたユルスナールに、晩秋の京都でお目にかかったおり、いただいたばかりの特装本をひらいてこの文章を指し示しながら、私は自分の感動をつたえた。彼女はふかくうなずいて、je commence à apercevoir le profil de ma mort と、エコーするようにその文章を口ずさんだ。これは作中人物の心境である以上に、今や八十歳になんなんとする老作家の想いをよくあらわす一文であると思われ、目を遠くにさまよわせながら口ずさむユルスナールの姿に、深みゆく人生の秋を感じたものであった。

この小説にかぎらず、彼女は思いつきのまますばやく作品を仕上げるタイプではなく、これぞと思う主題は長い歳月をかけてあたため、ゆっくりと構想を練りあげるタイプの作家であるが、『ハドリアヌス帝の回想』はことに熟成期間が長く、ほとんど前半生のすべてをかけたといってもよい力作である。「ボヴァリー夫人は私だ」といったフローベール以上に、ユルスナールは「皇帝ハドリアヌスは私だ」とひそかに感じていたにちがいない。マルグリットは生まれるとすぐ母を産褥熱で失い、教養高い父に育てられた一人娘で、父への愛着はことに強かったと思われるが、その彼女が「私は父よりもハドリアヌスのことをよく知っている」と語っているのである。まことに、作家としての完全な自己実現のために、ハドリアヌスという複雑、多才、そして偉大な史上の人物を見出したことは、彼女にとって最高の出会いだったといってよい。この自伝体の物語には、モンテーニュやパスカルなどフランスのモラリスト（人性研究者）の系譜をひく微妙な人間省察のことばが豊富にちりばめられているが、そこには作者がハドリアヌスに仮託したというわざとらしさは少しもなく、ほんとうにそれが聡明な初老の皇帝自身の思想なのだと信じたくなるだけの自然さがある。それほどまでにハドリアヌスと作者の声の調性はぴたりと合っているのである。

私はこの小説に惚れこんで、人に会う度に吹聴していたが、そのころはユルスナールの名さえ知る人はほとんどなく、まして作品をよんでいる人はいないので、一人でおもしろがっているほかはなかった。さいわい、数年後に翻訳の機会を与えられて、一九六四年に訳書を出すことができた。はじめての翻訳で、今にして思えば無謀であったが、漫画的に在日ヘレニストをもって自任していた私とは本質的に相性のよい作品であったから、ハドリアヌス＝ユルスナールの文体に私自身の日本語の文体を無理なく合わせることができたような気がする。フランス本国やアメリカとちがって、邦訳はベストセラーからはほど遠い売れゆきだったが、しかし少数ながら私と同じくらいこの作品に惚れこむ人が現れたことで、労は報いられた気がした。現存の知名の方々のお名前をあげることはさし控えるが、澁澤龍彦氏や三島由紀夫氏は、まっさきに讃辞を呈してくださった方々で、ユルスナール自身そうした讃美者がいることをよく知っていて、三島由紀夫が私にハドリアヌスを訳すようにすすめたのだと思いこんでいたくらいである。

彼女自身たいへん旅行が好きで、最晩年になっても一年の三分の一は旅をしていたようだけれども、ハドリアヌスという人は多分ひとつところにじっと落ちついていられないたちであったらしく、遠征や視察旅行などの必要をはるかに上まわって、たえず旅していた人だった。有名な辞世の詩で彼自身うたっているように、この偉大な帝王は Animula vagula blandula（さまよえる、いとおしき小さな魂）の持主なのである。この短詩はユルスナールの小説の冒頭にラテン語の原文のまま掲げられてあるばかりでなく、巻末の文章のなかに、巧妙に――むろんフランス語で――織りこまれてある。「小さな魂、さまよえるいとおしい魂よ、汝が客なりしわが肉体の伴侶よ、汝はいま、青ざめ、硬く、露わなるあの場所、昔日の戯れをあきらめねばならぬあの場所へ降りて行こうとする。いましばし共にながめようこの親しい岸辺を、もはや二度と見ることのない事物を……目をみひらいたまま、死の中に歩み入るよう努めよう……」

この「目をみひらいたまま」という句は、そのまま彼女の晩年の対談集の題になっていて、この作家の本質的な態度を示している。たそがれのエーゲ海を航行する旅人が少しずつ島の輪郭を見分けてゆくように、わたしも死の横顔を見定めはじめている、と老皇帝に語らせたとき、ユルスナールは五十歳であった。八十路を過ぎて自分自身の死に直面した彼女は、この世の光を哀惜しながらも、あのストイックな快楽主義者《ヘドニスト》の皇帝のように、目をみひらいたまま「あの場所」へ降りて行ったにちがいない。十二月十八日の夜、新聞社からの電話で彼女の訃を知ったとき、私の心にまず浮かんだのはそのことであった。

「ハドリアヌス帝の回想」紀行

ローマ皇帝ハドリアヌスという稀有の人物が私の視野の中に大きな姿を現わしたのは、もう三十年以上も昔のことだ。結婚したばかりのころ、夫がその前年アメリカから持ち帰った本のなかに、マルグリット・ユルスナール著『ハドリアヌス帝の回想』の英訳本がまじっていたのである。とにかくすばらしい傑作で、アメリカでベストセラーになっている、と夫は熱心に提灯をもった。私はベストセラーときくと食指がうごかなくなる困った性質なのだが、クロス装のしっかりした造りのその本のカバーが、ハドリアヌスの彫像の横顔を一面に大きく写しているのが気に入った。美髯をたくわえた、多感で英明な皇帝の横顔……。

私はこの歴史小説の作者について、名前すら知らなかった上、ハドリアヌスといえば、思い出すのは美少年アンティノウスのみ、という程度の心細い予備知識しか持ちあわさなかったが、ある日閑つぶしのつもりで読みはじめ、数頁読み進んで思わず居ずまいを正した。そして読み終るころにはすっかりこの作品とそしてその主人公にいかれてしまったのである。

ユルスナールという人の深い人間洞察と、洗練された表現力、しかもおそるべき学識をもちながらそれを完全に濾過して、細部のためにさりげなく役立てているのだ。まさにこの一巻の伝説小説のかげには万巻の書があった。そして聡明なローマ皇帝のモノローグからは、モンテーニュやラ・ロシュフーコーの伝統をひくフランス・モラリストの肉声がききとれた。しかもユルスナールは詩人でもあるので、神経のゆきとどいたその叙述は時として詩の域にまで高められる。たとえば次の文章のように——。

エーゲ海の島々の間を航海する旅人が、夕暮れにたちこめるきらめく霧をながめ、少しずつ岸の輪郭を見分けてゆくように、わたしも自分の死の横顔を見定めはじめている。

不治の病の床にある六十歳の皇帝、それも広大な帝国内をさまようが如く一生旅をしつづけたヘレニストの心境として、これ以上ふさわしい表現があるだろうか。

要するに私の心に結ばれたハドリアヌス像はユルスナールの造型した通りのもので、私は彼女に導かれて多少ローマ史の資料に目を通したりしたが、知れば知るほどハドリアヌスとは興味ぶかい人物であった。『ハドリアヌス帝の回想』は抑制の利いた自伝体で書かれているため、彼の異常な多才ぶりについては、きわめて内輪な表現で暗示しているにすぎないが、他人の眼にこの皇帝がどのような人物と映っていたか、アウレリウス・ウィクトルの簡潔な叙述を引用しておきたい。ウィクトルはハドリアヌスより二世紀あとの人で、資料としては、ハドリアヌスの書記官であったが後にクビになったスエトニウスの、今は失われたハドリアヌス伝に依拠している。

彼はギリシア文学に深く精通していたので、人々は彼をギリシア先生（文字通りには小ギリシア人＝筆者）と呼んでいた。彼はアテナイ人の風習・言語・文化を取り入れた。彼は音楽家・建築家・医師・画家・哲学者・彫刻家であり、これらすべての技芸に熟達していた。これほどスケールの大きな精神はめったにあるものではない。記憶力抜群で、時と場所、出来事、兵士などを、細部まですっかり想い出すことができた。技競べや討論で、彼ほどいきいきと鋭敏な者はいなかった。あたかも前以て準備しておいたかのように、たちどころに即興詩をものしたり、機知で受けこたえしたりした。

彼の耐久力たるや超人的で信じがたいほどであった。同行者を追い抜きながら、あらゆる属州を徒歩で歩きまわり、帝国の諸都市を復興し、その重要性を増大させた。自分の訪れる諸都市を美化し、防備を強化するために、鍛冶屋、大工、石工その他の職人を、軍団中の大隊のように組織して、連れてまわるのであった。彼は決して同一の人物であったことがなく、同時に複数の存在であった。

この複雑な多面性をもつ人物を識ってから十数年経ったある日、Hという見知らぬ青年が私の家に姿を現わした。彼はその前に、まるで恋文のような手紙をくれていたのだが、私に対してではなく、私の訳した『ハドリアヌス帝の回想』に心底から惚れこみ、自然な成り行きとしてハドリアヌスその人に惚れてしまったのだった。白水社刊の訳本一巻をふところに、「二十年の治世のうち、十二年は住所不定ですごした」この皇帝の足跡をたずねて、広大な古代ローマ帝国内の遺跡をめぐりあるいた、と語った。大学七年生の知恵おくれです、と名乗るH君は、古典の文献をよく渉猟しており、ことハドリアヌスに関しては古代史の専門家より詳しい。彼は各地で写した廃墟の写真や、方々の美術館のアンティノウス像の写真などを気前よくプレゼントしてくれた。特にこの美少年に興味があるらしく、エジプトの、交通不便で観光ルートから全くはずれたアンティノエまで彼は足をのばしている。ハドリアヌスがナイルに入水したアンティノウスを悼んで創建した追憶の町アンティノエ市は、今ではシカバダと呼ばれる小村となって、廃墟らしい廃墟すら見当らないよし。今から二百年前、ナポレオンのエジプト遠征のころには、まだアンティノウス神殿の遺構とおぼしい列柱が立ちならんでいたことは、ナポレオンに随行したジョマールの版画からうかがえるのだが、H君の写した写真の中には、神殿に使われたとおぼしい石柱の断片だけが、村はずれの荒涼たる原野にころがっている。この失われた追憶の町を、ユルスナールは黄金の文字をもって再建したのだ。

子供のいる家庭に足かせをはめられていた私は、青年の身軽さをうらやましく思い、いつの日か私も、地中海世界に点在するハドリアヌスの遺跡を、一つでいいからこの眼で見たいもの、と念じた。もし私が若死していたら、私は遂に何ひとつそれを見ずに終ったであろう。大理石のハドリアヌスやアンティノウスにさえ逢うことができなかったであろう。しかし馬齢を重ねたおかげで、幾度か古代への旅をする機会を得、ものいわぬ石像ながら皇帝に対面し、彼の造営した壮大な建造物をいくつか実見することができた。そのなかでとりわけ心に残った二つの遺構について記しておきたい。

まずブリタニア（現イングランド）のハドリアヌス長城について。

アテナイのゼウス大神殿《オリンピエイオン》とか、ローマの万神殿《パンテオン》とか、ハドリアヌスの造営した王者然たる建築をさしおいて、単なる土木工事にすぎない石壁の連なりをとりあげるのは、あるいは奇妙に思われるかもしれない。しかし、古代地図をひろげてみれば一目で分ることだが、地中海世界全域をおおう古代ローマ帝国の厖大な版図の中で、ブリタニアは地中海に属さぬ海をへだてた西の涯の属州であるばかりか、ハドリアヌスの長城は全ローマ帝国の北限をしるしづけているのである。じつはこの夏、はじめてこの長城の遺構をこの眼で見ることのできた私自身、はるばると来たものだという想いがあったが、まして紀元二世紀のローマ人にとって、ここはまさしく地の涯であったろう。

ローマの権力者がブリタニアに渡ったのは、なにもハドリアヌスがはじめてではない。すでに紀元前五五年、ユリウス・カエサルは、ローマ人としてはじめて軍を率いてアトラスの海（大西洋）に船出した。スエトニウスによれば、嵐でかなりの船が損害をうけたというが、とにかく、当時のローマ人にとっては世界の外であったブリタニアの征服を企てたのである。「この島は信じられないくらい大きく、歴史家たちはみな、そのような島は今まで存在もしなかったし、今でも存在しないのに、ブリタニアなどという名と記事とを捏造したのだ、などと論議しあっていた」とプルタルコスは記している。このような未知の国にまでローマ軍団の旗をおしたてたのはたしかに英雄らしい行為であったが、しかしこの国はあまりにも貧しく、「数々の戦闘によって、味方に利益というよりは敵に損害を与えるにとどまった」。要するにみのりなき戦いをくりかえしたにすぎなかった。ろくな産物もないこの国から奪いとるものはなにもないと見て、カエサルはこの国の王から人質をとり、貢物を課して島からひきあげた。一言でいえば、カエサルは《前人未踏の地》を英雄的に荒しまわっただけのことだった。もしこれがみのり多い遠征であったら、筆まめなこの武人は『ガリア戦記』と同じように『ブリタニア戦記』を後世に遺してくれたかもしれないのだが。

次にこの島に渡ったのは、カリグラの跡目を襲った皇帝クラウディウスである。クラウディウスというのはすこぶるおもしろい人物で、ばかばかしいほどの夢信者であるこの皇帝の逸話を、私は小著（『夢の神話学』）に引用したことがあるが、皇帝としては相当な治績をあげた人だった。からだに障害があって、あまり遠征など得意なタイプではなく、彼の行なった唯一の遠征がなんとブリタニア行なのであった。それも、カエサルが赴いたことのある僻遠の地に、ともかくにも遠征をした、という実績を作ることと、島の住民にローマの威勢を見せつけることが目的であったらしく、ほんの数日この島にとどまったにすぎなかった。スエトニウスによれば、「なんの危険も流血もなく、島の一部の降伏をみとめ」ただけで、さっさとローマへひきあげたのである。

その後ローマ軍は、ブリタニアの北に住むカレドニア人（スコットランド人の古称）と戦って勝利し、ほぼ全島を手中におさめたが、ダニューブ川流域に争乱が起きたため北部の軍団はヨーロッパへ移動し、紀元一〇〇年以後は、タインからソルウェイに至る島の地峡が、ローマ軍の最も北寄りの駐屯地となっていた。

紀元一二〇年代、ハドリアヌスが石の壁を築いたのは、まさにこのイギリス本島の腰のくびれのような地帯で、全長八十マイル（一一七キロメートル）に及ぶこの長城は、島を南北に分断したのである。

そのむかしこの辺りは森が多かったであろうが、今なだらかな丘の稜線をつたってうねうねとのびる長城の遺構は、航空写真ではほとんど視野をさえぎるものがなく、果しない牧草地を隈どっている。私が車で北上してきたカンブリア、ノーサンバーランド一帯は、ほとんど畑地がなく牧草地ばかりで、羊や牛がのんびり草を食んでいる風景が心を和ませてくれるのだが、所有地の境界を示すためなのか、それとも家畜を囲いこむためなのか、いたるところで低い石の壁が牧場を仕切っていた。ただ石を積んだだけの簡単な石垣だが、私にはこれがハドリアヌスの長城のミニアチュアであるような気がした。それというのも、この長城は異民族の侵攻を防ぐという事実上の理由のほかに、古代史家によれば、「ローマ人から蛮族を隔離するために」造られたらしいからである。いま崩れ落ちた城壁の基盤だけが低くつらなっているのを見ると、ちょうど牧場の仕切りの石垣と大差ないほどの高さで、幅だけはさすがに広く堂々としているが、その上に立って見渡すと、右手に白い羊の群、左手に黒い牛の群がある。かつてローマ人からカレドニア人を隔てたこの大城壁は、今では羊の群から牛の群を分けるのに役立っているにすぎない。

それにしても、地図で見ると現在のイングランドとスコットランドの国境は、東部ではぐっと北へ離れているが、大西洋岸ではこの城壁に近接していて、やはり城壁の彼方はカレドニアなのだな、という実感がある。復元図によれば、中国の万里の長城のスケールには及ばないが、それでも幅三メートル余、高さ七メートルを超す石組みの大城壁である。一マイルごとに小隊の駐屯する小さな砦が設けられ、砦と砦の間には二つずつ見張りの小塔があった。そしておよそ一日行程約十四マイルごとに、連隊の兵営をかねた城砦が築かれ、国境線に睨みを利かしていた。そんな城砦の、外壁基部と間仕切りの壁の下部だけを残して崩れ去った廃墟を見た。この未開の島にやってきた、当時まだ四十歳代のハドリアヌスの胸の内を、ユルスナールは次のように語っている。

ここで語っておきたいのは、ひとりクラウディウス帝のみが、総指揮権をもった将軍として二、三日あえてとどまったにすぎぬこの知られたる世界の極限に位置する島に、平和的に腰をすえて滞在した最初の皇帝がわたしであるということだ。(中略)ほうぼうで一どきに着手されたその八十里にわたる土木工事のかなりの部分をわたしは親しく視察した。(中略)しかし純粋に軍事的なこの作業はすでに平和の役にたって、ブリタニアのこの地域の繁栄を促しつつあった。新しい村々が生まれ、ローマの国境に向かって人々の集ってくる動きがあった。土着民の作業班が軍団の土木工事を助けたが、この城壁の建設は、ついきのうまで平定されていなかったこの山岳地帯の住民の多くの者にとって、ローマの反論の余地なき保護者的威力の第一の証拠と見えた。そして彼らに与えた俸給は、彼らの手から手へ渡る最初のローマ貨幣であった。この城壁は、征服政策を放棄したわたしの平和的態度の象徴となった。最前線の稜堡《りょうほ》のもとに、わたしは境界神《テルミヌス》を祭る神殿を建てさせたのである。

じっさい、この長城は、現代人が想像しがちなように、現住民を奴隷のように酷使して造られたものではないことが、研究者によって明らかにされている。大部分の作業はブリタニア駐在の第二、第六、第十二の三つの軍団が担当したのである。当時の一軍団はおよそ五千の歩兵、百二十の騎兵から成るが、その中に、建築土木の技術者、現場監督、石工、大工、ガラス職人などを擁していて、軍団だけの力で大規模な建設工事を実行することができた。その上ハドリアヌスの供廻りには、さきほどアウレリウス・ウィクトルの文にもあったように、その種の技術者集団がいつもつき従っていたのである。むろん現地民が資材の運搬などに従事したことは、ユルスナールの記している通りである。

辺境の守備兵、いや一般に兵隊というのは、戦がないかぎり閑なものである。しかもローマの兵士は、他の職業よりも比較的高い給料が支払われていた。ハドリアヌスは三軍団およそ一万五千数百の人員を、戦争の代りに建設工事に従事させることで、大して金を使わずにこの大城壁を造ったらしい。

長城は国境守備と同時に辺境管理の役割も果した。国境の彼方の異民族も、非武装であればローマ兵の付添のもとにローマ領に入って、市場での交易にたずさわることができた。ローマ人は軍事ばかりでなく外交にも長じていたから、カレドニア人の首長たちを巧みに懐柔した。彼らの協力に対する報償金であったらしいローマ銀貨二千デナリウスのつまった壺がカレドニアの地から発掘されている。たしかに、皇帝の狙い通りに長城は、巨大な《ローマの平和《パクス・ロマーナ》》の一環として、大帝国の西北の辺境の安定に役立ったのである。そして秦の始皇帝の偉大な先例はあるとしても、ハドリアヌスは西の世界で長城を建設した最初の人であった。

この大城壁は、ハドリアヌスの治世の比較的初期に造られたもので、純粋に軍事的実用的な建造物であったが、次にのべるヴィラ・アドリアーナ（ハドリアヌスの離宮）は、これと全く対照的に、彼が帝国のために多くの事業をなし遂げたあと、晩年に、個人的な趣味によって造営した壮麗な憩いの宮殿である。

三千年にわたる古代エジプトの歴史を通じて、新王国時代のラメセス二世が最大の建築施主であり、エジプト中いたるところに彼の関与した神殿や記念碑が見られるように、ハドリアヌスはローマ史を通じて最大の建築施主であった。ラメセス二世の場合、建築の主な理由は虚栄心であり権力の誇示であった。ハドリアヌスの場合、むろん虚栄心も大いに働いたにはちがいないが、長城建設や諸都市の美化強化が示すように、国益が優先することが多かった。そして、史家が語る通り異常な多才の人であった彼は、建築にも玄人はだしの意見と創意をもち、みずから設計にたずさわることもあって、その結果アポロドロスのような一流の建築家と意見が衝突することさえあった。その彼が、晩年、自分の思いのまま、心ゆくまで美しく、快適に、意匠を凝らして造りあげたのがこの離宮である。

ヴィラ・アドリアーナはローマの東、オリーヴの林のつらなるティヴォリの町はずれにある。車を降りると、黒い大きな犬があらわれ、遺跡の方に向かって私の前をゆっくりと歩き出した。毛のつやの失せた、かなりの老犬である。道案内をするかのように、ときどき立ちどまってこっちをふりかえり、またのっそりと行く。まるで冥界への黒い《魂の導者《プシユコポンポス》》のようだ。木立の間をしばらく歩いて、大きな塀のようなものにアーチ形の入口があり、これがヴィラの入口か、と思う間に老犬の姿は消えていて、そのあと、夕方帰りしなにも気をつけていたが、二度とあの黒い犬を見かけることはなかった。

塀のアーチをくぐると長方形の広々した池があった。案内図で知ったことだが、この池を囲んで広大なポイキレ（列柱回廊）があったのだ。その彼方には、まだ私には何が何やらさっぱり見当もつかない廃墟が広い範囲にわたってつらなっていた。何しろ四十ヘクタールの遺跡である。しかも周辺の発掘状況からみて、実際はこれをはるかに上廻る厖大な規模であったといわれる。皇帝居住の宮殿ばかりでなく、執務室、客殿、豪壮な大小の浴場、複数の図書館、劇場、神殿その他もろもろの設備を含み、単なる離宮というよりは《離宮市》というにふさわしかった。それに、善美を尽くしたこの建築群は、ローマの美術作品ばかりでなく、ギリシア芸術——主に彫刻——のおびただしい模刻《レプリカ》によって飾り立てられ、それ自体巨大な美術館たりえていたのである。

今、部分的に復元されたこの千六百万平方メートルの遺跡を終日さまよい歩けば、たれしも失われたものの途方もない大きさを想わずにはいられない。修復され、模造の人像柱のわずかに立ちならぶカノプスの池のかたわらの、小屋のように小さな博物館に収蔵された彫刻類のあまりの貧しさに私は涙が出そうになった。何世紀にも及ぶ略奪と破壊によって、どれほどのものが永久に失われたことか。かろうじて生きのびた彫刻のうち、第一級の優品はローマのヴァティカン博物館やカピトリーノ博物館に収められ、少し価値の落ちるものは、ローマのボルゲーゼ宮、アルバニ宮、ナポリの国立博物館、ルーヴル、大英博物館など、ヨーロッパ各地の博物館に散在している。そして、それらの傑作にあふれていたこのヴィラには、めぼしいものは何ひとつ残っていないのだ。本当に、何ひとつ！

これらの宮殿群は、ふつうの白大理石ばかりでなく、アフリカや東地中海沿岸からとりよせた色とりどりの縞大理石、赤紫の斑岩《はんがん》、蛇紋岩など、貴重な石材をふんだんに使って壁面を飾っていた。ローマ帝国が没落し、この大宮殿が貪欲な連中の宝の山と化したとき、彼らは絵画彫刻の類を奪うだけで満足せず、美しい柱、破風、フリーズなど、建物そのものを解体して奪い、動かしきれないところは表層の貴重な化粧石板を剝がしてもち去ったのである。いま、わずかに残る壁面には、いちめんに太い釘穴があいていて、石板を引き剝がした跡がはっきりと見てとれる。

古代の偉大な建造物が、歴史の流れとともに廃墟と化するのは、ある程度いたしかたのないことであった。古いものを「保存」しようなどというのは、ようやく十九世紀になってからの発想である。見聞の狭い私でさえ、エジプトやギリシアで、古代の大建築が次代の新しい建築のための石切場と化して無残に破壊された跡をいくつか実見している。古い神殿は新しい別の神殿のための石材供給所にすぎなかったのだ。多くのキリスト教の古い聖堂も、古代神殿の骨格を利用して建てられている。

それにしてもやはり、ハドリアヌスに特に関心があるせいでもあろうが、このヴィラの破壊の跡を前に、私は格別の感慨をもよおさずにはいられなかった。そして、プリュタネイオン（迎賓館）とか、ホスピタリア（来客宿泊施設）とか、現場に貼付した名札をいちいちたしかめながら廃墟を見てあるくうちに、ラテン語の図書館とギリシア語の図書館の二つを発見して、はじめてちょっとうれしい気分になった。ギリシアを愛し、ギリシア語に堪能だったヘレニストらしい蔵書ではあるまいか。

それにしても、案内書の詳しい説明をまだ読んでいなかった無知な私には、名札だけでは用途の分かりかねる建物もあった。トリクリニウムなどというのには首をひねった。tri は三の数で、clinium は寝台《クリネ》と関係ありそうだ。ここは寝室だったのかしらん、などと。あとで調べると、これは食堂なのである。ギリシア人やローマ人は寝台《クリネ》にねそべって食事をしたので、一つのテーブルを三つのクリネが囲んでいたらしい。

皇帝は属州視察の旅の途次、ギリシアやエジプトに滞在したときに特に心に残った各地の建築や地形をいくつかこの離宮の中に再現した、といわれる。曰く、アテナイのポイキレ（列柱画廊）、アカデメイア（学堂）、プリュタネイオン（迎賓館）、テッサリアのテンペの谷、エジプトの小市カノプスなど。しかし古代の史家たちが簡単にギリシアやエジプトの建築の再現と呼んだかずかずの建造物は、少しもギリシア風でもエジプト風でもなく、純粋にローマ風であった、と研究者は語っている。一例をあげれば、広大な池をかこむポイキレはアテナイのそれよりも七倍も大きく、形も全くちがっている、と。

ギリシア的でないといえば、イタリア語で黄金広場《ピアッツァ・ドーロ》と記された、何の変哲もないだだっぴろい遺構は、八角形の玄関の間をもつ、泉を中心とした広場風の建物であったらしく、復元図によると、凹面と凸面を組みあわせた波形にうねる輪郭をもち、そのように柱を配していて、まことにバロック的な感覚である。ただのヘレニストではない、複雑なハドリアヌスの一面を見る思いがした。ちなみに黄金広場というのは、過剰なまでの華麗な装飾と、美術品の豊富さのゆえに後世つけられた名である。

浴場《テルメ》は屋根がかなり残っている。大浴場、小浴場とならんでいて、半ば崩れ落ちたその丸屋根の下に立てば、大きくポッカリあいた穴に、ふり仰いだ顔も染まりそうな真蒼な空がある。その空に浮ぶ雲が、腕の欠け落ちた女神のトルソに似ていると思ったのは、あまりに石の廃墟を見過ぎたせいであろうか。

これだけ広い遺跡を隅から隅まで歩きまわるとさすがに疲れる。脚よりも頭の中がぼうっとしてくる。ときどき日蔭の石——それは柱の礎石であったり、崩れ残りの壁であったりするが——に腰かけて、呆然としていた。

足もとの草は、紅や紫の小さな花を微風にふるわせている。まことに、廃墟には可憐な花がよく似合うのだ。すぐわきの壁の割れ目から、あざやかな瑠璃いろのトカゲが一瞬濡れたようにキラリと輝いて、床のモザイクを横切り、たちまち石のかげに姿を消す。ローマ帝国最大の皇帝の栄華もまたかくの如く、刹那生滅《しょうめつ》の巨大な一例にすぎなかった。

それにしてもこの一日の長さはどうであろう。中天から西に傾いたまま、夏の太陽はなかなか沈もうとしない。エレアのゼノンの逆理を応用するならば、日輪Aは地平線Bに到達するまでに、中間点Cを通らなければならない。Cに達したら次はCとBの中間点Dを通らなければならない。ゆえに太陽は決して地平に達することがない……。

一生の短かさと一日の長さ。私はまた腰をあげて、石の間を歩きはじめた。

復元された列柱と人像柱にかこまれたカノプスの池は、この離宮全体の中でもとくに人目を惹きつけるが、私がもっとも魅せられたのは《海の劇場》と名づけられた一劃である。円環状の池にかこまれた円型の大理石の島。池の外側も内側も同心円をなして列柱がたちならび、なるほどこの小島が舞台であれば、池の外側は観客席かとも思われる。しかしこの小島は、宏大な離宮のなかのミニアチュアの島離宮であって、小さな浴室も図書室もそなえていた。多分、独りきりになりたいとき、老皇帝はここにこもったのであろう。ユルスナールはこう書いている。

……とりわけ心をこめてわたしはこの隠棲《いんせい》の地の中心に、いっそうひきこもった隠れ家を造らせた。それは列柱に囲まれた池のまんなかの大理石の小島で、一つの旋回橋（とても軽くて、片手でそれを溝《みぞ》にそってすべらすことができる）が、その小島を岸とつなぎ、あるいはむしろ、岸から離している。このあずまやに、愛する彫像を二つ三つと、スエトニウスがわたしと仲のよかったころくれた幼年期のアウグストゥスの小さな胸像とを運びこませた。

午睡の時間にわたしはここに来て、眠ったり、夢想したり、読書したりした。敷居にねそべったわたしの犬は、こわばった足を前にのばし、水の反映が大理石のうえに戯れた。

「愛する彫像」とはむろん夭折したアンティノウスの像であろう。この文章でも、水の反映の美しさがさりげなく語られているが、ヴィラ・アドリアーナ全域を見て、池、泉水、堀、養魚池など、水のゆたかさに私は感じ入り、列柱や建物の一部ばかりでなくこれらの池も修復して水をたたえておいてくれた人々に感謝した。豊富な水のおかげで、廃墟特有のかわいた味気なさが大いにやわらげられ、荒々しい破壊の傷痕もいくぶん癒やされているかのようだ。それに、もしこの遺跡に水が全く欠けていたなら、柱廊や人像柱《カリアテイド》や、それらが支える長い帯状装飾《フリーズ》など、建築上のモティーフを水鏡に映して効果を倍加するように仕組んだ、美的たくらみに気づくこともなかったであろう。

このような水の効果はルネサンスになってようやくさかんに使われはじめた方法で、それより千二、三百年も昔に、ハドリアヌスはこうした水の美学を存分に応用したわけである。

水に映ることで建築の美が倍加される、と私は書いたが、じつはそれ以上の効果があるのだ。量的に倍増するばかりか、美が質的に変容するのである。というのは、地上の壮麗が、微妙にふるえる倒立像となって水に反映するとき、この世ならぬ超現実の感覚が生じて、蒼天の高みと水の深みとが通底しあう一種の汎美主義《パンカリスム》の世界へと人を誘いこむからである。すでにして廃墟そのものが、過ぎ去った時代の栄光の残像であり、《夢の跡》であって、この世のなまの現実からいちじるしくずれてしまっている。その上に、水に映る廃墟となれば、これはもう二重の現実離脱であり、二重の夢幻性をもつことになろう……。

カノプスの池をながめ、島離宮をめぐる水をながめながら私はあらためて、明敏な、深慮遠謀の政治家であると同時にあくなき美の追求者であり、心身両面において過度なまでの快楽主《ヘドニ》義者《スト》であったハドリアヌスのことを想った。そしてふと考えたのだった、おそらく私のなかのハドリアヌスもまた、ユルスナールの文学や、私自身のさまざまな思い入れを通じて、水鏡に映った像のような非現実の相を帯びているのではなかろうか、と。

この空間を支えるもの

鷲巣さんの遺稿——最後の未完の文章——が「神聖空間」と名づけられているのは、きわめて暗示的で、意味深いことと感じられる。神聖空間——そう、詩人が生涯を通じて語ろうとし、人々の心に提示しようとしていたのは、まさにこれ以外のなにものでもなかったであろうから。すべてが世俗化してしまったこの世の中で、聖なる空間について語る者は——聖職者が語るのであればまだ見のがしてもらえようが——俗衆の目に時代錯誤と映らないわけにいかない。真剣であればあるほど、共感しえない人々にとって、そのことばは空疎に響き、そのしぐさは滑稽に見えるであろう。鷲巣さん自身、そのことは痛切に感じていた。感じていたからこそなおさら真剣に、くりかえし語らねばならぬ衝迫に駆られていたように見える。

アテーナイの悲劇詩人アイスキュロスについて、「恐らく晩年の彼は憂鬱であつたに違ひない」と記しているのを読むとき、私たちは鷲巣さん自身の憂鬱を感じとることができる。人間の行為のまことの意味での「倫理」に思いを寄せたアイスキュロスであったが、その深い思いも後代の人々にとっては「大言壮語」としか映らなかったであろう、と詩人は歎くのだ。そうしたことはただ「時代遅れ」と見られがちであったろう、と。このもどかしさ、くやしさが、あの尋常ならざる長広舌のひとつの原動力ではなかったかとさえ思えるのだ。

私は本書の未定稿を読んでいたとき、無知で冷淡な陪審員たちを意識しながら、不利な情況の中で、懸命に正体不明の被告を弁護している博引傍証の弁護士の姿をつい思いうかべてしまった。被告、それは詩人の感知し、形成した神聖空間である。神話と詩によってようやく可視的な輪廓を与えられるところの、或る永遠の空間である。そしてその永遠の空間でさえ、ことばによって語るとき、絶え間ない変容の中の一つの裁断面としてしか捉えられない。これが詩人の最も深い歎きであったと私は思う。「永遠」は永遠であっても、それを語ることばは時間の相のもとにあり、人間の意識とともに、ことばの意味は刻々とうつろうものであるから……

「歎きの歌」これは晩年の詩集の題名だが、或る意味でこの人のすべての著作が巨大な歎きの歌であったともいえる。鷲巣繁男はじつに叙事詩的スケールの抒情詩人だったのである。

彼の著作に、ちょうど楽曲の主導動機《ライトモチーフ》のようにして、くりかえし現れる人名がある。オルペウスのように神話的な詩の司《つかさ》が関心の的となるのは当然として、文学に直接関わりのない歴史上の人物が一再ならず言及されている場合、詩人の好み――つまり感情の傾向――がありありと読みとれるような気がする。たとえば、スパルタ王レオニダス、それに、ビザンチン帝国最後の皇帝コンスタンティノス・パレオロゴス。この二人は特に好きだったとみえ、私は電話でも何回も熱っぽい口調で彼らについて語るのを聞いた。いずれも王者の身で、敗北を覚悟の上いさぎよく死地に就いた人々である。レオニダスは三百の兵をひきいて、ペルシアの大軍をテルモピュライの天嶮に迎え撃ち、壮烈な死を遂げたことで知られているし、コンスタンティノスは廷臣たちと共に都落ちすることを肯んぜず、コンスタンティノポリスにふみとどまり、怒濤のごときトルコの軍勢と戦って死ぬことを選んだ。鷲巣さんは当節めずらしい「ますらを」であったから、国運のために一身を犠牲にするこの種のヒロイックな悲壮の美学には敏感かつ率直に反応するのである。とりわけ、ギリシア正教徒として、ビザンチン最後の皇帝の死に寄せる思いは深かったにちがいない。

こうした王者たちのいさぎよい行為にくらべて、日本の天皇の、つねに安全圏に身を置く在り方が、兵士として召集を受け、天皇の名のもとに戦わされた辛い経験のある詩人の目にどう映っていたか、いうまでもないであろう。鷲巣さんは少しも政治的な人間でなく、右翼でも左翼でもなかったが、或る点で、今のぬるま湯的な共産党よりもはるかに過激であった。政治のレベルを超えたところで、本当の意味でラディカルな、つまり根本的な、人間だったからである。つねに本質を見通す視力をそなえた稀有の人であったから、現実との妥協なしに、ラディカルな精神的態度をとることができた。自分がこうした態度のとれる人であったために、右顧左眄して身の保全に汲々としている世のインテリたちに対してはずいぶん手きびしい批評を加えた。「芸術か猥褻か、というような裁判になると、よく文学者が特別弁護人になったりするけれども、深沢七郎の『風流夢譚』のときのように、右翼から命を狙われそうな場合には、誰も弁護なんかしやしない。猥褻の罪では命を失うことがないが、天皇のことは今もってタブーになっている。知識人が意気地なさすぎるんです。」

そしてまた、新年の歌会始めに歌を詠進することは天皇に臣従を誓うことである、と語った後に、歌会始めの召人になった某歌人について、「あれほどの反骨の持主でさえ、召人にえらばれたのを光栄だと思って、のこのこ宮中へ出かけるんですからねえ」と慨嘆するのであった。こんなことを再三聞かされて、鷲巣さんというのはよくよくの皇室ぎらいかと思っていると、「わたしだって、もしも天皇が白馬にまたがって、みずから剣をふりかざして敵陣に切りこむようなことになれば、よろこんで天皇のために死んでもいいと思っていましたよ」などと述懐するのである。要するにヒロイックな美学に適合する「王」が現実の世界に不在であるために、やむをえず反体制の姿勢をとらざるをえないという風情であった。「神の法」と「国の法」とはめったに一致することがないので、純粋な理想主義者としては、つい、古代の旧約の預言者のような、悲痛な慷慨を洩らさないではいられなかったのであろう。

鷲巣さんの詩や文章は難解だという定評があるけれども、本当のことをいえば、この人の抒情や意志表示には、ソフィスティケイトされたややこしさはなく、むしろ明快で、男性的に率直なものである。ただ、奥深い喚起力に感応できる人が少数であるという、高度な詩にとってやむをえぬ宿命の他に、一般の人になじみのうすい古雅な用語や固有名詞、特に教会関係の横文字の片仮名表記がよく出てくるために、必要以上に解りにくい印象を与え、多くの読者に拒否反応を起させるのだと思う。難攻不落の城砦のように、人々の堆高い誤解の牆壁に囲まれてあることは一種の栄光であろうが、鷲巣さんの側にもこの「栄光」に一半の責任があったことは否めない。何しろあまりに博引傍証に過ぎて、散文の場合ですら私たち誰にでもわかるような解説など加えるために立ち止ったりせずに、早足で文を進めるくせがあるので、並大抵の知識では追いつけないところがあるのだ。

一般に博学な人間は、博学であること自体にいいしれぬ愉悦を感じるものらしく、それはたいへん無邪気な快楽なのだが、他人からは反感と嫉妬を買いやすいのである。それに、専門の学者ではないから、たまには細部でまちがうこともあろうし、引用したギリシア語などのテクストにそえた訳ひとつにしても、それぞれの専門家から見れば異論の余地もあろう。本書のような未定稿であればなおさらのことと案じられる。つまり、揚足をとろうと思えばとれる文章なのだが、しかし、どんな学者でも、鷲巣さんの渉猟したすべての分野にわたって、一人で隅から隅まで検証できる人はまずいないのではないだろうか。

第一、この人は詩人であって学者ではなかった。博大な知識は学説や理論体系のためではなく、「神聖空間」を構築するための素材にすぎなかった。大神殿が大量の石材を必要とするように、彼の壮大な神聖空間のためには、古今東西にわたる厖大な知識が必要であったことを私たちは理解しなければならない。

晩年は体が衰え、遠出することもめったになかったが、頭だけは忙しく東奔西走し、古今を往来してやすむことがなかった。同様に、その文章も、決して一つの話柄に局限されることがなく、ピンダロスから山海経へ、マニ教の讃歌からピラミッド文書へ、靖国神社の怨霊からギリシアの運命女神《モイラ》へと、めまぐるしく主題を転ずるかのように見え、読者は全くどこへ連れていかれるかわからない、という思いをさせられる。しかし実は、転ずるものは主題ではなく――主題はつねに一貫している――あとからあとから湧き出る記憶の泉から、あまりにも多彩多様な具体例を引いているにすぎないのである。いわゆる論文風に論理的な、こぢんまりとまとまったディスクールは述べない人であって、論理の代りにはじめから言うべきこと、言わねばならぬことが巨大な柱のように中心にそそり立ち、それが「空間」を与えているのである。

しばしば詩人自身が語ったように、幼少の頃関東大震災に遭い、家が倒壊したのに、母君が身を以て崩れおちた梁を支え、下敷になった子供を守った、という強烈な体験が人間鷲巣繁男に及ぼした影響ははかりしれないと思われる。渾身の力で家の重みを支えたために、文字通り眼球が飛び出したほどの母君の死相であったと聞く。それほどまでの命がけの力によって支えられ、幼い少年が活かしめられた空間、それこそがこの詩人の神聖空間の母胎ではなかったろうか。

古代の人身犠牲、動物犠牲について、そして、それらすべてを廃絶させたイエス・キリストの大いなる犠牲について、鷲巣さんほど深く考えた人を私は知らないが、幼くして母を尊い犠牲として喪ったこの不幸が、常人には求めても得られぬ啓示となったであろうことは疑えない。聖なるものへのあれほど鋭い感覚をそなえていたのも、むろん父祖の代からの宗教的環境と素質によるものにはちがいないが、大震災のあの劇烈な、ほとんど黙示録的な体験をぬきにしては考えられないのではないだろうか。

とまれ、崩壊した家屋の下で幼い詩人を救った聖なる空間の人柱となったのは母君であったが、詩人自身、その後生長するにともない、自分の精神的背柱によってその空間をひろげていったように見える。古代中国神話の原人盤古が、背丈を伸ばすことによって天と地とを分け隔てていったように、鷲巣繁男も自分の骨格の伸展につれて彼の神聖空間を拡大していったかのようだ。詩人は傷つき変形した頸骨の痛みをしばしば口にしたが、私にはそれが世界の重荷を担った巨神アトラスの悩みを想い出させるのであった。

ところで、神聖空間の大いなる柱が鷲巣繁男その人であったとすれば、彼の死とともにその空間は崩れ去ったのであろうか。答えは然りでもあり否でもあろう。古代エジプトで、神オシリスを祀るセド祭というものがあり、オシリスの背骨を象ったディエド柱が倒れているのを、神官の助けによって王みずから綱を引いて垂直に立てる儀式が執り行われた。この「ディエド建立の儀」は、オシリス復活の儀式であり、オシリスの死によって崩壊した世界を再び建てなおす象徴的行為なのである。そのように私たちは、鷲巣さんのテクストを深く読み、共感することによって、詩人の倒れた背骨を建てなおすことができるのではあるまいか。

盤古だのアトラスだのオシリスだの、私はいささか大仰な譬喩を濫用しすぎたかもしれない。これは、もとより私の誇大妄想的傾向によるものにちがいないけれども、しかし鷲巣繁男という詩人そのもののふるまい——つまり詩作を中心とする精神的行動——に、この種のメガロマニア的連想を否応なしに喚びおこすものがあることはたしかであって、よかれあしかれ、これがこの比類ない詩人の本質であったと私は信じている。

（一九八三年）

もう電話はかかってこない

もう電話はかかってこない。

ひとたび鷲巣さんからかかってくると、それはもうたいへんで、電話のそばに椅子をひきよせ、どっかと腰をすえて、それから五十分、六十分。年齢《とし》のせいで少し濁った、粗い振動をする男性的な声が、絶え間なく私の内耳に鳴りひびき、――というのは、ほとんどこっちが口をさしはさむ余地がなく、一方的に話しつづけるのだったから――私は聞き疲れて、ときどき受話器を右に左にもちかえたりしながら、じっと聞いていた。

最後の電話がかかったとき、――それは亡くなられるひと月ほど前だった――私は私事でない約束があって京都へ出かける直前だったので、十五分ばかり話した後、(正確には、話を聞いた後、)じつは――と事情を言って電話を切ってもらったのだが、それが最後になってしまった。あのあと、翌日にでも、こっちからかけるべきだったのに、なんという心残り。もう二度と電話はかかってこない。

鷲巣さんとは何回か逢い、一度は私の家に泊られたこともある。俳人永田耕衣翁の出版記念会のため、神戸へ来られたときのことだ。そのころは、まだ、少し息を切らしながらも、私の家の前の急坂を歩いて登るだけの体力があった。

しかし何といっても鷲巣さんといえば電話である。直接顔を合わせた時間すべてを合わせても、電話で話し合った時間にははるかに及ばない。回数よりも、一回の長さが問題なのだ。ただの長電話ではない。質量ともに大変な、叙事詩的スケールの電話なのである。

あるときにはデーメーテールを論じ、天照大神を語り、神道から道教の話になり、仙人の山の話から突如として炭焼きの経験談になった。いかにして灰にせずにうまく黒い炭を焼きあげるか、など。それからまた、テルモピュライで戦死したレオニダス王を語り、スパルタの二王制を論じ、日本の天皇の卑怯さを慨嘆した。そして私は、合槌をうつばかりでもつまらないと思い、テルモピュライの遺跡で売っているレオニダス饅頭の話などして、老詩人をひんしゅくさせるのだった。

鷲巣さんの博学多識はたしかに一大偉観であったが、それ以上に、詩人としてのピシッと筋の通った価値観と見識とが私を驚嘆させた。まさに見るべきものを見、すてるべきものをすてている人であった。あまりに深くを見ることに馴れたために、凡人に見えるものが見えなくなっている人だった。相手の都合などお構いなしに、六歩格《ヘクサメトロン》で語られる神託の解説から、巫女と大地母神の関係など、しばしば長大なエッセイをとぎれとぎれにしゃべっているような話しぶりで、とても電話で語りつくせる内容ではなく、それでも外出のままならぬ病身の人にとって、埼玉県大宮と兵庫県神戸との距離は、電話によってしか埋めることのできないものだった。電話の長さは友情の深さに比例していたのである。

通話が一時間以上に及ぶと、私は電話料がしきりに気になったが、貧乏で有名な鷲巣さんはそんな俗人的配慮とは無縁の人だった。

私は高橋睦郎さんとよく笑い合ったものだ。鷲巣さんは疑いもなく天国へ行く人だけれど、もし地獄へ行くとすれば、長電話の罪によってであろう、と。ダンテの神曲には、重罪者の惨たる地獄の上の方に、比較的軽い罪人たちの地獄があって、自殺者の森とか、愛欲にふけった者が溺れる河などが配置されているけれども、長電話の罪という「微罪」には、どんなマンガ的な地獄を割り当てたらよいのか、私は勝手な想像をしてひとりくすくす笑ったものだった。

ゆうべ夢をみた。すっかり目付きの柔らかくなった鷲巣さんが、夢の遠景からこちらへ、杖をついてあるいてくる。しかし距離はすこしもちぢまらないのだ。私は茫然とそれを見ていた。こちらから歩み寄るという考えが私には全く欠落していた。私はただ夢の近景にじっと突立ったまま、老詩人のもつれる足を悲しみながら、縮まらぬ距離をもどかしがっていた……

眼がさめて私は悔やんだ。なぜ走って行ってあげなかったのか——私は唇を嚙んだ、ちょうど、あの中断した電話が最後の会話になったと知ったとき、なぜ、あのあと、こちらから電話しなかったかと、悔やんだのとおなじように。

もしかすると鷲巣さんは、今でもどこからか電話をかけてくれているのかもしれない。でも私はどうしようもないほど耳が遠くなっていて、その声は決してこの耳にとどくことはないのだ。

詩人の曳く影の深さ

神谷光信著『評伝鷲巣繁男』をめぐって

鷲巣繁男という詩人は、誰が見ても只者《ただもの》ではなかった。第一にその風貌。眼光炯々たる切れ長の大きな眼、きっぱり通った鼻梁、意志の強そうな口もと。要するに骨格の立派な男性的風貌であり、むしろ大時代な英雄の相があった。貧乏なのに特別誂えのルバーシュカを羽織り、口を開けば談論風発、相手のことなど一切かまわず滔々《とうとう》と自説を開陳するのであった。

私は一度、東京の街を鷲巣さんと連れ立って歩いたことがあるが、行き会う人はみな、黒いルバーシュカの英雄を奇異の眼で眺め、すれちがってからも振り返って見る様子なので、いささかきまりのわるい思いをした。

風貌だけではない。鷲巣繁男という人物が、どんな席においても場ちがいな存在だったように、彼の詩はどんな雑誌のなかにおいても場ちがいの感を与えた。詩というものは多かれ少なかれ非日常を志向するものであるが、そうした詩作品の間にあってすら、彼の詩は日常の中に非日常が割りこんだような違和感を覚えさせるのだった。

世俗化の極みにある現代日本では、詩人さえも大方が聖性や形而上の感覚を失っているので、この詩人の、するどい聖性の感覚の光る作品などは、なかなか素直に受けとる人が少なかった。彼は古代ではピンダロス、二十世紀ではサン＝ジョン・ペルスの詩に傾倒していたが、こうした「立派なもの好み」も日本人一般の好尚とは異なっていて、鷲巣流の高邁な気概や、スケールの大きな叙事詩的抒情は敬遠されてしまう。敬遠ならばまだしも、往々にして冷笑の種となって、正しい評価を受け難かった。彼特有の〈「喪はれてゆく憤り」への憤り〉（第三詩集『蠻族の眼の下』）などはむしろ滑稽の感を与えかねなかったであろう。

敬遠されるもう一つの理由は、彼のおそるべき博識にあった。名門校とはいえ、旧制横浜商業学校を卒業したのみで、生活のために働きながら、英仏語はいうに及ばず、ロシヤ語ギリシア語ラテン語等々を独習し、各国の原書を渉猟して、詩句のなかにそれらのアリュージョンが満ち満ちている、とあっては、無学な怠け者の詩人たちに脅威あるいは反感を感じさせたのも無理からぬ成り行きであった。その上彼が堪能であったのは横文字ばかりではなかった。漢詩をも能くしたのである。私自身、むかし『薔薇宇宙』という詩集を上梓したおり、鷲巣さんから漢詩を贈って頂いている。

ざっとこういう人物であるから、鷲巣繁男という詩人は生前からかなり伝説的な存在であった。敗戦後間もなく、北海道の寒冷の原野に入植したものの、開拓農民になりそこなったことなど、いささかドン・キホーテ的ともいえる壮大な試行錯誤や惨胆たる苦労の体験も、鷲巣伝説の好材料であったろう。詩壇の野次馬たちにとって、彼は優れた詩人というよりはむしろ畸人伝に登場するにふさわしい人物だったのである。

そういうわけで、稀有な詩人でありながら、詩壇の大方から冷やかな眼で見られ、晩年にはかなりの声価を得たものの、終始誤解に満ちた毀誉褒貶（あるいは全くの無視）の中にあった鷲巣繁男についての、はじめての本格的評伝がこのたび世に出たことを心から慶びたい。『評伝鷲巣繁男』、新進気鋭の研究者神谷光信氏による力作である。今後この詩人を知ろうとする人は、この書を避けては通れないであろう。またこの書を上梓した小沢書店の英断にも敬意を表したい。

静岡は安倍川の在《ざい》から横浜へと移り住んだ祖父鷲巣繁次郎のロシア正教会入信のあたりから語りはじめ、まず家族の信仰の系譜を跡づけたこの評伝は、周到に詩人の生涯をたどりながら、背景としての政治社会情勢を素描することを忘れていない。著者は詩人の作品（詩、短歌、俳句、漢詩、小説、評論等々）を研究するばかりでなく、詩人の家族の方々や、彼と交流のあった文学者たち、また兵役に就いていた頃の上官など、およそ鷲巣繁男を知るかぎりのあらゆる人々に、直接面会して、聞きとり調査を行っている。じつに手間ひまを惜しまぬ綿密な探索であって、こうして集めえた幾多の証言を活かしながら、詩人の実像をきっちりと浮びあがらせている。彼と交流のあった人々や彼の理解者についてもかなり詳しく書いているので、詩人を中心とする精神社会史の趣きもある。

鷲巣さんが世を去ったのは一九八二年夏であったが、当時まだ若かった神谷氏は詩人を畏敬するあまり遠慮して近よらず、存命のうちに一度も会っていないのであるが、鷲巣繁男への傾倒がこのような大部の評伝を生んだ。しかも決してひいきのひき倒しにならぬよう、冷静な客観性を保っている。私自身、鷲巣さんについてあらましのことは知っていたつもりだが、この書によって多くのことを教えられた。

とりわけ驚いたのは、彼が幼少のころ関東大震災に遭い、家が倒壊したのに、母親が身を以て崩れおちた梁を支え、下敷になった子供を守った、というしばしば彼の語った体験が事実とはちがっていた、ということである。母が梁の下敷になって圧死したのは事実だが、子供をかばって死んだのではない、と神谷氏は記している。これは母を喪った幼児が、精神的外傷《トラウマ》を癒やすために、ほとんど無意識につくりあげた神話であろう、と。

じつは私はこの「神話」にいたく感動して、かつてこんな風に書いたことがあるのだ。「……渾身の力で家の重みを支えたために、文字通り眼球が飛び出たほどの母君の死相であったと聞く。それほどまでの命がけの力によって支えられ、幼い少年が活かしめられた空間、それこそがこの詩人の神聖空間の母胎ではなかったろうか。」

これは鷲巣繁男遺稿集『神聖空間』に、あとがきのようにして添えた文章の中で述べたことばだが、この小文を「この空間を支えるもの」と題したほどに私は彼の幼時の震災体験を、原体験として重くみていたのだ。これが事実でなかったとすると、なんだか一杯くわされたような気がしないでもないけれども、しかし鷲巣さんのような人がことさら嘘をつくわけもないので、これはやはり、感受性の強すぎる幼児が想像のなかで生み出し、自分でそうと信じこんで育ててきた神話なのであろう。「子供をかばって命をすてた母」の像は少年とともに大きく成長し、宗教的運命的な重層的意義を付加されて、もう何ものも否認しえないほどの真実味を帯びたのではあるまいか。

さまざまな資料から詩人の生涯を浮彫にしたこの評伝を読んで、私はあらためて鷲巣繁男の存在の深さを想い、彼の曳く長大な影の濃さを痛感したのだった。

（一九九九年）

異類の人

私は稲垣氏に一度しか逢ったことがない。

今を去る十五年前の、あれはたしか肌寒い晩秋の候であったと思う。折しも鎌倉から来遊中の澁澤龍彦氏夫妻と共に、京都の生田耕作氏の案内で、桃山のお宅を訪れたのである。主な客は澁澤、生田両氏で、私はただ野次馬根性からくっついて行ったにすぎなかったし、その時交わされた会話の内容などもほとんど忘れてしまったが、ただ、稲垣氏の全身全霊から発する妖気の前には、さしも当代一流の才子たちも、何となく影がうすく見え、これはただものでないと、いささか無気味ですらあった。今、全身全霊という言葉を使ったが、これは文字通りの意味にとってほしいので、つまり、氏の一見決して軽快ならざる肉体は、あたかも血液や淋巴液に満たされていると同じくらい霊的物質に満ち満ちており、いうなれば、全身に細胞がつまっているように、霊がすし詰めになっている、という印象を受けたのである。

これは或いはただの印象にすぎないのかもしれないが、しかし私はこの第一印象によって決定的なタルホ観を形づくってしまった。従って、このあと私の述べることは、すべてこのとりかえしのつかぬ偏見にもとづくものであることを、おことわりしておく必要があるだろう。この十数年前に得た先入主を、さらに裏づけるか、あるいは修正するために、一時間半ほど電車に乗って氏の住居《すまい》を訪れるという労をすら、私はとらないつもりである。

体じゅうに霊がつまっている、といっても、いわゆる霊的な人物というようなのとは全く感じがちがうことは多分察して頂けるだろう。むしろ普通以上に肉的でありながら、その肉性をずっとなぞって行くと、いつの間にかメビウスの帯の裏側に出てしまうような具合に、肉と霊との奇妙なすり替えがどこかで行われているようでもあり、また、きわめてタルホ的な次元において、端的に「即身成仏」が成就されているようでもある……そんなことをぼんやりと感じとりながら、交されている会話にはいささかうわの空で、家具らしい家具もない荒れた感じの座敷の畳のケバをいじり回していたとき、脳細胞を不意に刺激する言葉がひびいてきて、私ははっと耳をそばだてた。

——ひとりっきりでね、部屋にじっと坐っておるでしょ。日が暮れてきて、しーんとして、空気のツブが透き通って、そのツブツブがちらちらと燃えるんですよ……

この日この家のあるじの発したおびただしい言葉の中で、私が憶えているのはたったこれだけであり、またこれだけで十分だと思う。モノローグに近いこのことばは、一種凄絶な寂寥感を漂わせ、語り手と聞き手との間を何十光年もの距離にまでひき離したかのようであった。もちろん、この距離に耐えかねた誰かが、すぐに現実的な声音で、この流謫の人を遠い星から呼びもどすことに成功したことはしたけれども。

たしかに、荒れた座敷に独り坐って、夕闇に透きとおる大気のツブが寂寥の鬼火を点じてゆくのを見つめるとき、そのまなざしはすでに幻視者のそれであり、俗事を放下し尽くしてあらゆる物質的窮乏をおそれなかったこの人の姿には、乞食坊主をも聖《ひじり》と呼んだ日本語の両義性を思い起させる面妖さがつきまとうていた。

昔の人々は、神や仏——自我を超えた聖なるもの——の訪れを待つために、聖所にお籠りをした。そこで幾晩か夜をすごすうちに、彼岸からの挨拶とおぼしい夢か幻を見ることができれば、それで参籠の目的は達せられた。「一般に、寝たとき夢や幻が訪れるのも、体を水平によこたえる結果、身体の重みが最小限になることと関係するはず」と西郷信綱氏は書いておられるが(『古代人と夢』)、的確な指摘だと思う。この「体を水平によこたえる」上に、飢えという要素が加われば、条件はますます夢幻があらわれ出るにふさわしいものとなろう。

稲垣氏の自伝小説である『弥勒』の中に、今私が語っているような文脈において大層意味ふかい情景が出てくる。氏自身のシノプシスを借りれば、それは「間歇的な断食生活がつづいた結果フラフラになり、夜おそく銭湯へ辿りついて、湯槽の中で浮きそうになるのを辛うじておさえて力なく板場に立ち、手拭いを使っていた時にふいに聖者の二字が脳裡に閃いた」というものである。(この本に収められた「たげざんずひと」にも類似の一節がある)

断食して衰弱し、湯の上で体が浮きそうになったというのは、重力の法則から能うかぎりまぬがれた状態であって、肉体から質料が脱落しつつある一方、質料の束縛から解放されかかった霊魂が、生身としては最大限に浮揚しやすくなったその瞬間に、聖者の二字が閃いたものだろう。断食のあげくのこの銭湯への入室は、稲垣氏にとって聖所への参籠にも似た結果をもたらしたかのようで、そこに神も仏も在さぬだけに、なおさらこの「聖性」の示現は興味をそそる。

一般に芸術家や詩人には、幻想の自我に固執するナルシシストが多いのは当然だとしても、比較的、現実とうまく馴れ合って、大した破綻もなく暮していけるタイプと、自分の幻想の世界から「まじめな現実」を追い出しすぎた結果、自分もまた現実から手厳しく追い出されて破滅してしまうタイプと、大雑把にいって二通りあり、その両極端の間にいくつもの段階があるように思われる。

稲垣氏の場合、幻想の秩序を重んずるあまり、窮乏と飢餓という最も身にしみる形で、現実からしっぺい返しを受けた時期があるのだが、しかし、この手痛い応報は氏にとって決して身の破滅とはならなかったようだ。かえって、その貧窮は「受難《パッション》」の相を呈し、遊民的なぐうたら性は「遊行《ゆぎょう》の聖《ひじり》」的なアンビヴァランスを帯びて、「まじめな現実」とはあきらかに次元を異にする一つの世界を成立させるに役立ったと思われる。いや、正確にいえば、その世界ははじめから成立していたので、この種の「受難」は、その世界の聖性を裏付けるに役立った、と言うべきかもしれない。さもなければ、空腹のあまり体が浮きそうになった入浴のおりに、「聖者」などという語が念頭に浮かぶわけはあるまい。

芸術家を「まじめな」人たちと区別するために、社会的にまともな人たちの序列の下に一つの序列を設け、河原乞食乃至遊惰無用の民として遇するか、あるいはまともな人たちの上に据えて、日常的な価値を超えた、特権的な威光をそなえた存在として遇するか、どちらかの方法を社会はとる。もっとも、どちらかというより、どちらもといった方が真実に近く、社会がこうした人々を遇する態度の曖昧さは、彼等の側の、本質的な両義性に対応しているわけである。

さて、最初の「印象」にもどろう。

たましひが球形の火であることは、語そのものが語っている通りだが、独居の稲垣氏が荒涼たる孤独の果てに見た「チラチラ燃える空気のツブツブ」が氏のたましひの投影なのか、それとも普通の人間には見えないが或る人々にとっては大気中に瀰漫しているはずの霊を目撃したものか、その辺は何とも判じかねるが、ただ、そんな風な気がしただけだろう、という風に片付けることだけはしたくない。私の偏見からすれば、この不思議な作家（むしろ詩人と呼ぶべきだろうが）は、さきほど触れた、「まともな」人たちの上とか下とか、そんな分類さえ無意味に思われてくるような存在であって、正統的なホモ・サピエンスに属するよりは、むしろ、天狗・半獣神・仙人・妖怪などの、いわゆる異類に属しているように思われるからだ。氏がことに飛行器（あえて飛行機とは書くまい）を好み、様々な形での空中浮遊を好むことから察するに、おそらく異類の中でも天狗・仙人の部類であろうか。唐の賀知章は李太白の文を見て「謫仙」と嘆じたというが、本朝の稲垣足穂もまた、何らかの咎めによって地上に追放されてきた流謫の仙人の一人なのかもしれない。それともむしろ、かの美少年花月をさらって行った天狗の同類でもあろうか。

　というのも、氏が謡曲『花月』に寄せる愛着はなみなみならぬものがあり、この巻のなかにも『花月幻想』と題した文章が入っているはずだ。

「取られて行きし山々を」ではじまる『花月』の終の一節は、比較的初心者むきの仕舞としてよく稽古に用いられるところで、私も子供の頃から暗んじており、こんなことからも私のタルホ氏に対する一方的ななつかしさが原因しているのだが、この条りで、天狗にさらわれた少年が、筑紫の彦山から、松山、伯耆の大山、愛宕の太郎坊、富士山など、転々と連れて行かれた山々をかぞえあげる。私が稲垣氏の随筆ともモノローグともつかぬ一種散漫な最近の文章をよんでいていつも思い出すのは、この花月の一節なのだ。この観念連合は、多分、氏が世の常の語りの定法を全く無視して、Aの事柄からBの事柄へ、ではなくAからUへ、UからKへ、常人には理解しかねるやり方で転々と移動し、起承転結だの話の常道だのを蹴散らしながら飛躍していくところからくるのだろう。読み手は天狗にさらわれた花月さながら、宇治と思えば神楽坂、トリストラム・シャンディーから古今妖魅考へ、呆然として連れ去られねばならない。（もちろんこれはモノローグ風の文章について言っていることで、珠玉のようにまとまった短篇風の作品は別である。）

飛行といえば稲垣氏の眼球そのものが気球の形をしていて、おそらくごみ屑のような肉体を下に吊りさげながら、空中に浮游したがっているにちがいない、と私には感じられる。但し、この軽気球に見立てた眼球というのが、そもそも、不可視の或るものの身代りにすぎないので、その或るものとは、すでにお気づきの方もあろうが、他ならぬ霊魂のことである。

中国の古い考え方によれば、たましひは単元的なものではなく、魂魄二元から成る。魂はいわばイデア的な天上希求のたましいであり、魄は肉的な欲念、執念、怨念など、地上的なたましいである。そしてその姿はといえば、魂の方は蒼白く、やや小型の玉で、肉体の死後軽やかに天の故郷へ昇ってゆく。魄の方はやや大きいオレンジ色の玉で、しばし地上を漂うた後、その故郷であるところの大地へと還ってゆくのだそうだ。

ところでこんな古風な魂魄説をもち出したのは、他でもない、私の観察によれば、氏の双の眼が魂魄状の様相を呈しており、まさに肉と化したたましひと言って然るべきだからである。眼は心の窓などという生易しい事態ではない。眼の位置に玉し火が点じられているのだ。

そして、通常の人間とはちがって、稲垣氏の場合、魄もまた魂と同じように、多少もたもたしながらではあろうが、天へ昇りたがっているような気がする。なぜかといえば、少年愛を唯一の正統なエロスとして奉ずるこの人には、生来、大地的なもの——いわゆる女性的原理——が欠けているので、その魄はどうやら還るべき故郷がなく、魂の真似をして上へ昇る以外にすべはなさそうに見えるからだ。

そもそも、男だけの世界を愛する一族にとっては、肉体もまた精神を僭称することを辞さぬはずである。美少年愛慕のあまり、死んだ愛人を神化した典型的な例としては、ローマ皇帝ハドリアヌスや、近くは詩人ゲオルゲなどがあげられようが、肉のみのりを得られぬこの種のエロスの信奉者にとっては、多かれ少なかれ、肉に即しながらその不毛性を観念性にすり替え、愛欲にイデアの光輝を与えることは存外容易な作業なのだ。そういえば私が稲垣氏の全身から嗅ぎとった、何やらあやしげなあの「即身成仏」の気配は、同性の肉の聖化にはげんだ人の多年の「修行」の成果を語るものであったかもしれない。

その昔、『一千一秒物語』の綴られた頃から、われらの作家はしきりに星と衝突したり、月と喧嘩したり、さてはコップのソーダ水に溶けた流星を飲んだりしたものだった。それらの天体は芝居の書割のブリキ製の小道具のようでもあり、ドライアイスのように揮発性の固体のようでもあるが、それらと自由に遊び戯れる作者は、空中遊行者であるよりはむしろ地上のハイカラなからくり装置の仕掛人であって、読者はこの掌編集を読みながら、一千一秒の時を刻む時計の奥で、爽やかにほぐれてゆくゼンマイの音を聞きとることができた。

ブリキの星と透明な薄板をかさねた成層圏から成り立つタルホ宇宙はあきらかに贋物の世界なので、この贋物性がいかに本物であるかを見破らないかぎり、人はいくらでもこの宇宙を無視することができるし、また無視しておく方が安全でもある。

安全といえば、稲垣氏ほど安全ということに無頓着な作家はあるまい。文学的常道を無視し、批評の陥穽に対して全く無防備で、常に、寄らば切られんの構えである。之を酷評し去るほどたやすいことはないように見えて、このあまりの無防備さにかえって人はうさんくさいものを感じ、切りつけるよりはそっと無視しておく方をえらぶ。

このようにしてわれらの作家は、長年の間、名高い無名作家としてのネガティィヴな栄誉を担ってきたが、幸か不幸か、ここ数年来、そのネガティィヴィティはみるみるポジティィヴなものに変りつつあるようだ。

「蝶よりも蛾。それもブリキ製ぜんまい仕掛の蛾だったら九十点だ。――それから金よりも真鍮。プラチナよりも鉛。水晶よりも硝子。」(『デザートの代りに』)

このような価値体系を通用させるためには、辛抱強い蒐集と首尾一貫性とが必要だ。そして、或る種のトランプ遊びで、一人がマイナスの札ばかりを集めると逆に全員のプラス・マイナスの点が逆転するように、注意ぶかく贋物ばかりを蒐めて虚の世界を組立ててきたこのからくり作りの名人は、何十年もの不毛な作業のあげくに、一挙にマイナスをプラスに逆転するチャンスを摑んだかのように思われる。いや、逆転したのはむしろ世間の方であって、作り手の側にしてみれば、十年一日の如く、決して大空を飛ぶおそれのない飛行器をいじくり回していたにすぎないのであろうが。

少年愛にせよ、メカニック嗜好にせよ、若い頃から自分の好みというものにこれほど固執して変らない人も少ないだろう。はじめから言いたいことは決まっているので、その発言は常に同語反覆となる。この種の頑固さは、しかし、決して貶しめるべきものではあるまい。

畢竟、どんな形をとるにせよ、創作というものはギリシア的な意味における「想起《ムネーメー》」の上になされるにすぎない。二つか三つの基本的な「母型としての記憶」（因みに、記憶《ムネモンシユネー》は詩神《ムーサ》たちの母である）を思い出してしまえば、あとはそのヴァリエーションをいかに巧みに作りあげるか、という問題が残るだけだ。或る種の芸術家における執拗な同語反覆は、従って、くりかえしなぞられる祖型的な記憶の再認とみなすべきであろうし、反覆されるモチーフに対しては、それだけの「権威」を認めるべきであろう。かくしてこのしたたかな贋金づくりは、彼の存在そのものに根拠をもつところの真正な鋳型によって、その贋金を造り出してきた。このきらきらしい貨幣は、広く俗世間に流通させるよりは、愛好者の蒐集に任せる方が無難なのかもしれない。或夜、抽斗の中のタルホ・スターリング貨が（スターリングとはもともと「星形を刻印した」というほどの意味だ）昇天して中空にきらめか、抽斗は空になっていた、という事態も起りかねないからである。

神戸で育ったことがこの作家の感受性に決定的な影響を与えたことは疑えないが、しかし、同じ頃神戸で育った人たちが皆一様な感性の様式をもったわけはなく、やはりこの人の内なる神戸は、独特の風光をもって私たちを魅了する。

私は今現に神戸に住んでいるので、トアロードとか元町とか山手通りとかいう街の名などが出てくると、あああそこ、とすぐピンとくる。しかし、ほんとうのことをいえば、稲垣氏の作品の中の神戸は決して現実の神戸とは像が重ならないのである。氏が少年時代を送った頃の神戸は今よりもっと素朴にハイカラで異国的だったと思われるが、問題は単に時代の相違だけでは片付かない。

「北に紫色の山々がつらなり、そこから碧い海の方へ一帯にひろがつてゐる斜面にある都市、それはあなたがよく承知の、あなたのお兄様のゐらつしやる神戸市です。さう云へばあなたはいつか汽車で通つたとき、山手の高い所にならんでゐる赤やみどりや白の家々を車窓からながめて、まるでおもちやの街のやうだ、といつたことがありましたね。それから、あの港から旅行に出かけた折、汽船の甲板から見るその都会の夜景が、全体きらきらとまばたく燈火にイルミネートされて、それがどんなにきれいであつたかについても、あなたはかつて語りました。」

これは『星を造る人』という短篇の導入部の一節だが、ここに素描された神戸の風景は今もほぼ変りはない。しかし、この街には一人の魔術師が住むのである。いや、住むというより、スター・メイカーと呼ばれる一人の魔術師がこの街を通過するのである。「ここで、この神戸の街で、わたしがあの魔術師のことを初めて耳にしたのは、四月の或る夜、にぎやかな元町通りのショーウィンドウの前を歩いてゐたときでした。」

シクハード・ハインツェルなる魔術師は、夜毎、人々の注視の間をすりぬけて、思わぬ街角にシルクハットの姿をあらわし、月光をグラスにうけてムーンライト・コックテイルなるもので乾杯したり、鈴懸の梢にトランプのカードを花のように咲きみだれさせたり、住民や新聞記者やとりわけ警察を右往左往させたあげく、一夜神戸市の天空を華麗な星の花火で飾るが、しかしシクハードその人はすでにその日の午後二時、船で帰国の途についていた、というのがこの話のあらましである。この種の話のあらましなどというものがどんなに無意味なものかぐらいは私も心得ているつもりだが、数ある作品の中からこれをえらんだについてはいささか理由がある。第一に、このスター・メイカーの造る星は、むろんトリックであり手品のメカニズムによるものにはちがいないが、しかしその技の卓抜さによって、手品はたやすく魔法に変質するという事実だ。（magicという語の両義性に注意すべきであろう。）第二に、この話の舞台となる港町神戸が、とりわけタルホ的な、「魔法をかけられた町」の相を呈しているということを言いたいためである。

まことに、花崗岩の山の斜面から海岸まで、積木のような家々がびっしりつまっている神戸の町、南北にはしる道はすべて坂道であり、それが少し歪んでいれば、忽ちほどけかかった螺旋となって、未知の高みへ人を誘う。この街全体が海に向かって開かれ、海と陸との境界は櫛の歯状の突堤の凹凸で、人工的に仕切られている。日夜、美しく塗りたてた客船や貨物船がそこを出入りして、様々な髪色と肌色をした人たちや多種多様な商品を送りこみ、運び去ってゆく。人間がそこに住むというよりは、珍しい、心をそそる姿をした人間が通過する町、そうした港町こそ、魔法にかけられるに最もふさわしい都市でなくて何であろう。神戸はタルホ的な「感性の秩序」によく適合した「抽象の町」なのである。そこにも他のすべての人間の町と同じだけの、汗みどろな生活や葛藤があることはたしかだとしても、それら一切の生々しい現実の詳細を捨象し、どろどろした人間臭をいわば脱臭して、幾何学的に整合された抽象的な空間を作りあげ、これに楽しい魔法をかけて一つの小宇宙的に閉じられた遊戯空間と化すること、これが稲垣氏の第一の作業であったことは疑いえない。

この方法は小説家よりはむしろ本質的に詩人のものであって、生身の人間の「現実」にのみかかずらう類の人たちから理解されなかったのは当然のことといえる。

『キネマの月巷に昇る春なれば』というこの巻の題名は、多分、『星を造る人』などと一緒に『キタ・マキニカリス』（ユリイカ版稲垣足穂全集第二巻）に収められている『或る小路の話』という小編のサブ・タイトルからとったものだろう。この小路の話は、神戸で過ごした少年時代の断片をアレンジしたもので、「ガスの光で育ったような」混血の少女のあらわれる、「キネオラマのような月が差し昇る春」の物語である。この小編のサブ・タイトル「キネマの月巷に昇る春なれば」を、この巻の題名にそのまま用いた、ということが、今私たちに与えられたこの本の内容をかなりよく説明していると思われる。とりわけ、冒頭に収められた『緑色の記憶』は、稲垣氏の若い頃の「神戸少年もの」の正確な延長上にある大変美しい作品である。

作中の「私」が、外人や混血児が過半数を占める、山際の小さな学校に通っていた、というところから、素朴な読者である私は、自分の住む摩耶山麓の住宅地から二百米ほどさらに急坂を登ったところにあるカナディアン・アカデミーという外人の学校をまず連想した。学校への坂路の途中にあるという「三角辻」というのも、ちょうど私の家のすぐそばにそれらしき分岐路があり、ちょっとした三角形の空地があって、昔、そこに、緑色のマシュマロみたいな小さな家が建っていたとしても不思議はないような、まことにお誂えむきの地形なのである。しかし、詳細を点検した結果、どうやら、「私」が通った学校はカナディアン・アカデミーではなさそうだし、緑色の記憶の家は私の家のそばの三角辻に建っていたのではないらしいことがわかった。おそらく、その学校はもっと西の、神戸旧市内の、明治調の風格ある外人の住宅の多い平野町あたりにあったのではないかという気がするが、稲垣氏に訊ねてたしかめたわけではないので何ともいえない。あるいははじめから全然そんなものは存在していなかったのかもしれない。

ともあれ、この港町の山の手にある奇妙な形の緑色の小舎には「この都会の夢」が住んでいる、と「私」であるところの少年は考え、その夢がどんな姿をしているか、いろいろ想像を逞しくする。この作品に出てくる人物は、語り手以外は、オットーという青い瞳の少年と、「ガスの光で育ったような顔」をした少女（『小路の話』の「同語反覆」！）と、ほとんどそれだけで、話の筋らしい筋もないのだが、この小編の主人公は多分この緑色の家の形をした記憶のなかに住む「都会の夢」そのものであり、「私」がやがてその都会を去ってしまうがゆえに、その夢は失われた少年期の記憶のカプセルのなかに、そっくり無疵のまま保存されたのだ、と推察することができる。もしも稲垣氏がその後ずっと神戸で暮らしたのであれば、タルホの神戸は、こんなに生活臭のない、童話的に完結したミクロコスモスの相をとることはありえなかったであろう。

　実に、気球の形をしたこの人の眼は、上空から市街を俯瞰するのに適していて、その視線に捉えられた町は抽象的な鳥瞰図めいた整合性をもつ。その眼はあるがままの神戸を見る、というよりは、自分にとってあるべき相のもとに神戸を見る。ヴァレリイが言ったように、精神とは変形力である、とすれば、あるものをすべてあるべきものに変形するという意味で、タルホ的精神はあきらかに自分の存在を証明している。畢竟、芸術は模写《ミメシス》であるとしても、それは、あるもののミメシスではなく、あるべきもののミメシスなのである。

（一九七五年）

あとがき

あまり物を書かぬ人間でも、何十年も生きているうちには、おりにふれ需《もと》めに応じて書いた雑文のたぐいがけっこう溜まってくる。まるで言葉の落葉が心の庭にふりつもっているようで、死ぬ前に一度掃除をしておきたくなった。掃きよせた反古《ほご》を、落葉焚きの要領できれいさっぱり煙にしてしまえば問題はないのだけれど、そこは凡人の未練がましさで、多少愛着のある文章もあり、思いあぐねて人文書院の谷誠二氏に相談したところ、一本にまとめてもらえることになった。

詩集は別としてこれまで上梓した拙著は、鏡とか、夢とか、樹木とか、それぞれ積極的な一つの主題をもっていたが、この文集は全体をつらぬくテーマに欠けるのではないか——そう思ってためらっていたのに、谷氏は侠気と編集者魂を発揮して、幼時から今に至るおりおりの私自身をいわば主導動機とし、そこにいくつかの副旋律をからませて転調を試みながら、まことに手際のよい「編曲」をしてくださった。

時の河原にころがる小石も、色かたちを撰んでならべれば、盆石の趣きに似るものだ。谷氏のエディターシップに感謝する。

二〇〇〇年　小暑の夕に

多田智満子

【初出紙誌一覧】

I

「十五歳の桃源郷」FRONT　一九九〇年一月号　㈱リバーフロント
「私がものを書きはじめた頃」多田智満子詩集『季霊』一九八三年六月　沖積舎
「一冊だけのマラルメ」『マラルメ全集　Ⅳ』月報　一九九一年夏　筑摩書房
「かもめの水兵さん」季刊音楽教育研究（六〇号）一九八九年　音楽之友社
「胡瓜の舟」飛ぶ教室22　一九八七年
「年を重ねる」産経新聞　一九九三年一月十一日
「宛先不明」郵政　一九八六年一月号　財団法人郵政弘済会

II

「ミシガンの休日　一九八六年」（原題「ホリデー・イン・ミシガン」）神戸新聞　一九八六年六月十四日〜七月十二日
「「カレワラ」の国を訪ねて」読売新聞　一九八七年七月二十三日夕刊
「フィヨルドの国にて」花と休日　一九八九年春号　世界文化社

III

「坂のある町」L＆G　一九九四年十月号　㈱パッセンジャーズ・サービス
「ラブホテルの利用法」文学界　一九九四年四月号　文藝春秋社

「「ましてや爺さん」の思想」読売新聞　一九九五年二月二十日夕刊

IV

「けだものの声」神戸新聞　一九八四年七月八日
「犬の勲章」神戸新聞　一九七九年六月十三日
「横目で見る犬」（原題「罪を背負いこんだヒト」）産経新聞　一九八九年九月七日
「仔犬のいる風景」月刊神戸っ子　一九八一年十二月号
「犬のいない庭」母の友　一九九八年三月号　福音館書店
「犬のことなど」
　「ノミ狩り」神戸新聞　一九八七年一月九日
　「待っている犬」神戸新聞　一九八七年六月二十六日
　「リスの綱渡り」神戸新聞　一九八七年五月二十九日
　「猫は魔女？」神戸新聞　一九八七年四月三日
　「不吉な犬」神戸新聞　一九八七年五月一日
　「ダンゴ虫たち」神戸新聞　一九八二年七月六日

V

「旅人のひとりごと」西脇順三郎全集第九巻月報　一九七二年　筑摩書房
「ユートピアとしての澁澤龍彦」ビブリオテカ澁澤龍彦第一巻月報　一九七九年　白水社
「『未定』このかた」幻想文学別冊《澁澤龍彦スペシャル》一九八八年秋
「イルカに乗った澁澤龍彦」澁澤龍彦事典　一九九六年四月　平凡社
「鏡」太陽　一九九一年四月号　澁澤龍彦の世界　平凡社
「アスフォデロスの野」文芸別冊　須賀敦子追悼特集　一九九八年十一月　河出書房新社
「冠と堅琴の作家」読売新聞　一九八〇年三月二十一日

「ハドリアヌスとの出会い」海燕　掲載号不明　福武書店
「「ハドリアヌス帝の回想」紀行」中央公論　一九九一年十二月号
「この空間を支えるもの」鷲津繁男遺稿集『神聖空間』一九八三年　春秋社所収
「もう電話はかかってこない」歴程　一九八二年十二月号　歴程社
「詩人の曳く影の深さ」三田文学　一九九九年春季号
「異類の人」多留保集第五巻『キネマの月巻に昇る春なれば』一九七五年　潮出版社所収

著者略歴

多田智満子（ただ・ちまこ）

詩人・エッセイスト。英知大学文学部教授。

主要著訳書

詩集：『薔薇宇宙』『贋の年代記』など５冊を収録した『多田智満子詩集』（思潮社現代詩文庫50），その５冊に加えて歌集『水烟』詩集『蓮喰いびと』『祝火』など既刊詩集すべてを収めた『定本多田智満子詩集』（砂子屋書房）がある。

エッセイ：『鏡のテオーリア』（ちくま学芸文庫）『魂の形について』『花の神話学』（いずれも白水社）『神々の指紋』（平凡社ライブラリー）『森の世界爺』（人文書院）『動物の宇宙誌』（青土社）他。

訳書：ユルスナール『ハドリアヌス帝の回想』『東方綺譚』，アルトー『ヘリオガバルスまたは戴冠せるアナーキスト』（いずれも白水社）他。

JIMBUN SHOIN. Printed in Japan.
ISBN4-409-16080-X C0095

十五歳《じゅうごさい》の桃源郷《とうげんきょう》

二〇〇〇年九月一日 初版第一刷印刷
二〇〇〇年九月五日 初版第一刷発行

著者 多田智満子
発行者 渡辺睦久
発行所 人文書院
郵便番号六一二-八四四七
京都市伏見区竹田西内畑町九
電話 〇七五(六〇三)一三四四
振替 〇一〇〇〇-八-一一〇三
印刷 創栄図書印刷株式会社
製本 坂井製本所

http://www.jimbunshoin.co.jp/

多田智満子著

森の世界爺

――樹へのまなざし

森を愛する詩人の
身近な樹木との親密な語らい

三千年の巨木セコイア（世界爺）がかきたてる太古の夢。古来、人間は自然や樹木からいかに豊かな恩恵を受けてきたか。『古事記』『風土記』からエジプト・ギリシア神話まで、時と場を自在にたゆたい、樹々と人間が紡いできた数々の物語に遊ぶエッセイ集。

価格二二〇〇円